夜不語

詭秘檔案

夜不語
詭秘檔案

夜不語
詭秘檔案

夜不語
詭秘檔案

夜不語

詭秘檔案201

Dark Fantasy File

# 鏡仙

夜不語 著 Kanariya 繪

CONTENTS

# 自序

今天是八月十四日，農曆的七月初七，也就是俗稱的七夕。七夕原本是乞巧節或者女兒節，但不知道什麼時候，被商家包裝成東方的情人節。所以，這個節在妻子的強烈要求下，我還是必須要過的。訂了一家餐廳，吃了傳統的中式晚餐，看著窗外的那一輪明月。突然，突然我覺得自己發現了一個驚天大秘密。

根據古代典籍中的記載，不是說天上一日，人間一年嗎？人家牛郎織女都在銀河邊上，也就是在天界啊。

那麼也就意味著，其實人家牛郎和織女，是每天都能見面的。就像是普通的上班族一樣，早上被丈母娘用金釵當鬧鐘，劃出一道銀河來。

白天織布的織布，放牛的放牛，都是公務員一般的穩定工作。你看幾千年了，人家都是這麼工作過來的，還在天庭買了房，養了娃。

到了晚上，牛郎就駕駛著自己用喜鵲作為燃料的交通工具，跨過銀河和織女相親相愛。

你奶奶的，妥妥的人生贏家啊，至少比我們這些普通渺小的人類，都要幸福多了。

我們人類到底在替這兩位人生贏家憂傷些什麼啊！

扯遠了，來說說《鏡仙》這本書吧。寫了也滿久了，這一次出了經典版，我是真的挺開心的。

為此，還花了一個禮拜的時間，寫了〈詛咒〉這篇番外。這篇範圍的上半部分略噁心，下半部分會更加噁心。

呃，也算是一種嘗試吧。

〈詛咒〉的下半部分一時間寫不完，應該會放在下一本經典版中。

就這樣，請繼續支持本人的小說喔。

夜不語

鏡仙是什麼，在這個世界創造出這個詞後，便開始氾濫的有了許多種定義。

這些定義我不想重複，畢竟和本文沒有太大的關聯。因為，我要為大家講述的是一個，另一種鏡仙的故事，一個更加詭異的故事……

不要照鏡子，否則，下一個死掉的，或許就是，你！

# 楔子

「死吧，人生有太多無奈。你還想活下去嗎？對你而言，生還有任何意義嗎？」

「其實，死人的世界並沒有那麼恐怖。」

「其實，只需要閉上眼睛，往前輕輕一跳。」

「死，其實根本沒什麼。」

「往前邊跳一下，就會解脫了。」

「跳吧……」

鏡子裡的臉在扭曲，越來越扭曲。女孩驚恐地睜大眼睛，她的視線無法從鏡子中移開。終於，視線開始模糊了，模糊的視線裡，她甚至產生了錯覺。

她居然看到了一張臉，一張完全不認識的，極為恐怖的臉。

那張臉抬起來，魚肚白般的瞳孔裡沒有眸子，正死死地盯著她看。

然後，那張臉，笑了！

有人說郊遊是個很有意義的活動，特別是對平時很忙碌的死高中生而言。

但死高中生畢竟是死高中生，他們大多生活在蜜罐裡，過著和社會脫節以及半脫節的幸福生活，可以說，他們是一種特殊人類，是人生初期的演化形態。

當然，他們的唯一工作就是念書，然後再念書。考好了，上大學後，繼續念書，然後奔入社會的大浪潮中，開始從繭化為蝴蝶，雖然那些蝴蝶有美有醜，甚至有些一變成蝴蝶就沒飛起來，不太適應環境而跌落在地上摔死。

但大多數蝴蝶還是飛上了不太湛藍的天空，成為建築起社會的一分子。

所以，為了不讓繭沒羽化前夭折掉，學校這種產業工具便會以放鬆的名義順便聚財，將繭一年拉出去曬太陽一次，補充鈣質。

而如同監獄放風一般的郊遊，往往是春天，所以又稱春遊。春天太陽不大，懶洋洋的，風和日麗，催人睡覺，絕對是能夠補充鈣質，又曬不死人的惡毒季節。

在這個季節，學校居然大發慈悲地批准，甚至為高二正為大學衝刺的那批，基本上快要死掉的學生準備了郊遊——陰陽嶺一日遊。

說到陰陽嶺，就一定要說說它的特殊地理位置。因為這個故事的開端，便是從這裡開始。

陰陽嶺是煙霞山白沙崗上一個大埡口，在海拔三千多公尺的日月坪和紅石尖之間。白沙崗呈南北走向，橫臥在西嶺雪山大雪塘東側。

晴天，站在陰陽嶺上，往西可望見純白的冰雪世界，讓人覺得大雪塘是金玉鑄成的偌大寶鼎，抑或是鴻蒙仙界的宮殿，金碧輝煌，舉世無雙。往東，由遠及近，有個平原盡收眼底，盡可飽覽向你湧來的峰波嶂浪。

特別是春天，通上陰陽嶺的唯一一條道路陰陽路就會成為一道破開陰陽的線。兩邊都是千尺懸崖，但卻是兩種風景。左手邊是一派春天的色澤，整個平原花團錦簇，彩蝶飛舞。但右邊卻涼幽幽的，視線所及的範圍，盡是冰雪覆蓋的世界，綿延數十里。

據說是因為特殊的環境差才造成了這種景象差異，不過當地人更相信一個傳說，他們說，陰陽嶺原本便是幽冥地府，左邊是陽，右邊是陰，每到春天，地府大門就會在某個特定時間打開，那時冤魂會從陰氣足的冰雪世界裡竄出來，附在人的身上，有怨報怨，有仇報仇。

而這起事件的一切，確實都要從這個陰陽嶺，一個叫做尹曉彤，看起來極為普通的高二女生說起。

一行人從陰陽路上走到陰陽嶺，很是讚嘆了一番附近的美景。其實這種旅遊勝地平時也多多少少和父母來過，但這次的意義比較特殊，畢竟是學校舉辦，而且能甩開繁忙的功課出來溜，光這點就足夠讓人興奮了。

時間很快就到了中午，高二生成群結夥的和自己的好朋友湊成一堆，組成了大大小小的團體，開始在地上鋪布擺上帶來的午餐。

就在這時，一聲驚訝的叫嚷突然響徹山谷。

「老師，山嶺上似乎有個人。」一驚訝尖叫的女生驚恐地指著不遠處的山崖，用力扯著旁邊帶隊老師的衣袖。「那個人，好像是曉彤！」

帶隊老師抬起頭一看，臉色瞬間變得慘白。只見有個女生翻出了護欄，雙手張得直直的，彷彿隨時都會迎風從山崖上跳下去。

而那女孩，確實就是三班的尹曉彤。

「該死！怎麼會碰到這種事！」帶隊老師罵了一聲，急忙謹慎的一邊向山崖靠近，一邊示意附近的老師報警。

「尹曉彤，妳快給我回來！」他緩緩靠近，近了，很近了，就快要拉到她的手了。

山風不斷地呼嘯著，吹得那女孩的長髮在空中亂舞。女孩一動不動地站在欄杆後，望著近在咫尺的懸崖，突然猛地轉過頭，望著自己的老師，漆黑的眸子掃過身後的同學，緩緩的一笑。

那張清秀的臉配上甜甜的笑容，在這一刻卻顯得那麼詭異。

尹曉彤越笑越燦爛，閉上眼睛，像是在感受風的阻力一般，身體就那麼直直地向前一傾斜，整個人就掉了下去……

# 第一章 屍臭

這是一個疲倦的世界。這個大地上的人們有著強大的探索欲望，他們不知疲倦地為未知的東西命名、歸類。然後又將那些永遠無法解釋的東西賜予了一個奇怪的名詞——鬼。

但是鬼真的存在嗎？抑或它只是神奇的大自然產生的錯誤而已？

我是夜不語，一個常常遇到詭異事件的男孩。或許因為出生在月輝年六月的緣故，很久以前便已改嫁的老媽常喋喋不休地對我說：「你剛生下來哇哇大叫的時候，家後邊的那條河便漲起大水，低窪處的鄰居家屁事都沒有，偏偏洪水就淹沒了自己家，這事情怪得很。」

而根據奶奶回憶，我剛被抱回家時，一名雲遊的道人來到家中，指著我說：「這個小傢伙的一生注定不尋常！」家裡人很高興，但聽那道人又道：「這不尋常並非好事，他再大一點應該會看到許多不想看到的東西，而且……」

道人欲言又止，終究沒將後半段話說完，便嘆口氣，匆匆離開了。

看到不想看到的東西？

現在想來，或許他在說我有陰陽眼吧，但事情似乎又不盡然。事實證明，我的靈感甚至比一般人還要弱許多。

總之從那時起，奶奶便燒香拜佛，在家裡供神以求我平安。但這卻依然不能阻擋我該要到來的命運……

可以說這一生我的的確確遇到過許多不可思議的東西，突然有一天想將它們統統記錄下來，用來博君一笑也好，用以讓有相同命運的朋友們作為借鑑也罷，也算是對這種無奈的命運又一次自嘲式的反抗吧。

不過，在講述這個故事前，請允許我再發一小會兒的牢騷，回想一切到底是怎麼開始的……

第一次遇到怪異的事情時，我只有五歲。

當時家裡很窮，父母為了躲債便帶著我跑到了蜀地某個小鄉村住下。記得家附近有一條大河，叫做養馬河。河寬十幾公尺，水流湍急，再加上河水裡含有大量褐色沙土，乍看之下給人一種詭異的感覺。聽人說這河裡不明不白淹死過不少人。

在村裡閒逛，也常常能聽到村裡孩童玩伴唱著當地民謠，其中有一段：「養馬河呀養馬河，你究竟要吞下多少條性命才會平靜？」

大人們雖說不怕，但暗地裡都叮囑孩子們少去河邊玩。一到晚上，也會刻意繞河岸而行。但小孩又有幾個是肯乖乖聽話的呢？

我家裡的人很忙，也沒太多時間管我。於是我常和幾個不安分的朋友出去玩。

但夏末的某一天終於出事了。那時正值農忙，夥伴們都提著小兜跟在割稻穗的父母後邊撿麥粒。我找不到人陪自己玩，便獨自去了河邊。

那裡一個人也沒有。清風不斷地拂過河岸的青草，一片安寧的景色。我躺在草地上曬太陽，並瞅著臉旁的一大群螞蟻吃力地將幾隻蒼蠅搬回洞裡去。這時，一道輕柔的聲音喚著我的名字。我立刻被它吸引住，站起身四處找這個聲音的來源。

「小夜，過來。」

「小夜，快過來……」

這若有若無的聲音好像媽媽的呼喚般親切，但它卻來自河裡。可能是初生之犢不怕虎吧，我非但不感到詭異，還大有興趣的一步一步向河裡走去。突然，一雙手拍在我肩上。

「喂，鼻涕蟲，今天你竟敢一個人來，夠膽！」

回頭一看，竟是小航。小航是鄰居家的孩子，比我大兩歲，是個很霸道的傢伙。昨天我們才因為爭奪河岸使用權而打了一架。我承認我使用了一種不太公平的多數教訓少數的戰術。不過參與者都是平時被他欺負得很慘的弱小孩子——偶爾也該讓他們發洩發洩吧。

那場戰役的結果是小航在一群憤怒孩子的輕微體罰下哭起來。他一邊往家跑，一邊喊著要報復。剛才，可能是他看我一個人來河邊，就不懷好意地跟來了。

我被他拍了一下後頓時清醒很多。但下意識地就先想到，哎呀，褲子全都濕了，這次要被老媽打屁股了。畢竟我家人也不允許我到養馬河邊玩，怕危險。一時竟也沒多想自己為什麼會走到河裡。

「昨天有膽打我，今天栽到我手裡了吧。哼，看我怎麼收拾你這個小娃子。」他見我不理睬他，便瞪了我一眼，恐嚇道：「把你推到河裡游泳倒也挺有趣的，喂，你願不願意呀？」

「誰願意啊！」我滿臉害怕，心想這次慘了。但五歲時的自己，智力發育已經開始展露出異於常人的聰明。我不動聲色，滿是鬼點子的小腦袋在一瞬間不知轉了多少轉。突然心生一計，說：「別煩我，我正在找東西。你看到在那兒有個金色的亮點沒有？可能是寶藏喲！」

呵呵，這種移花接木的小把戲也只能用來對付孩子。大凡男孩子，不管性情如何都有種英雄情結，他們總愛幻想自己如何如何歷險，但大多都是為了尋找寶藏。果然他上鉤了，湊過頭來好奇的問我：「在哪？」

我指著不遠處說：「就在那兒，你看不見？」

「啊！看到了！是個金娃娃，還是活的。天！它在向我招手！」他大叫起來。

我一愣，順著他的目光看去，水潺潺流動，河底一目了然，明明什麼都沒有嘛。不禁暗笑起他說是風就是雨，想像力太過豐富了。

但他卻並不像在說假話，就彷彿真的看到了值錢的東西似的。小航順手抄起身旁的一根樹枝探入水裡，嘴裡兀自說道：「我把它撈上來。」

真是個瘋子！我一邊想，一邊準備趁他不注意時溜掉。只聽他又叫道：「哈，它咬住了！好傢伙，力氣還挺大！」

這時，怪事出現了，樹枝不斷晃動著，似乎在另一端真的有什麼在拚命掙扎，帶得小航也搖起來。我揉揉眼睛，在插入水裡的那段樹枝上還是什麼也沒看到。

「我快要拉不住它了，鼻涕蟲快來幫幫我！」他被一步步往河裡拉，有隻腳已經踏入水中。我稍一遲疑，便抱住他的身體向後用力。好傢伙，儘管自己使足全身力氣也沒將他拉回分毫。

一分鐘過去，情況依然沒有改變。不同的只是漸漸被拉入河裡的人中多了一個我。眼看快乾的褲腳又打濕了，我急道：「快！快把棍子扔掉！」

「我、我放不開手！」他用帶著哭腔的聲音喊道。

「這怎麼可能，你再不丟掉我可要放開你了！」我盤算著這是不是他用來整我的新方法。他卻恐懼地叫起來。「不！不要！」

這時樹枝的另一端傳來一股難以抵抗的巨大力量，拚命地往水裡鑽。我們大叫一聲，失去平衡，雙雙落到河裡。

我昏了過去，感覺自己似乎不斷往下沉。突然身子一輕，在無窮的黑暗中出現了一道亮光。我掙扎著向那道光芒游去。然後，我醒了。

眼前有一張張關切的臉，老爸不斷地在房裡踏步，而老媽正暗自啜泣著。眾人看我醒來，都大大地鬆了口氣。

「二狗子呢？我家的二狗子和沒和你在一起？」還沒等誰開口，一名中年婦女急切地問。我艱難地看清她的模樣，是小航的老媽。

「他說有金娃娃，就拿樹枝去撈。我沒把他拉上來，就和他一起掉到河裡……」我怯生生地說得不知所云，但也大體描述出了一個事實。小航的老媽尖叫一聲，暈倒在地上。

第三天下午，在養馬河的下游找到了小航的屍體。

同時我也才知道自己是在中游被一個網魚的村人用漁網偶然網起來的。當天晚上，父母開了一個只有他們倆的家庭會議，最後決定為了我搬回城裡去。

這一走我便沒有再回去過。也許是內心深藏的恐懼阻止著自己吧。我常常在想，那天為什麼死的是他而不是我。他口裡所說的金娃娃叫的明明是我的名字。或許那天死的原本應該是我才對，而他卻稀裡糊塗的做了我的替死鬼……

不知道是不是真的有遭遇不幸的體質。總之初中和高中，我也莫名其妙地遇過許多怪異離奇的事件，幸好本人不笨，一次又一次地逃過大劫。

高中畢業後，我被老爸強壓著考德國的吉爾大學。就在那前後，偶然遇到了一個叫楊俊飛的老男人，他對我十分感興趣。所以我乾脆半工半讀，留在他的偵探社裡打工。

不久前，偵探社接到一樁特殊的委託。我的無良老闆楊俊飛毫不猶豫地派我前往那所出事的高中。

直到現在我都還記得他那張趾高氣揚的醜惡嘴臉。

這是我的第一個案子。

「這是你們的校服和名牌，書籍等下會有人送過去。你們分到高二三班，高老師會帶你們過去。要到考前衝刺了，希望你們快點適應學校。」教導主任站在我們跟前，心不在焉，敷衍地又勉勵了幾句，然後擺擺手示意我們出去。

一出門就看到將會成為我們班導的高姓老師站在辦公室門外，是個和藹的小老頭，不高，頭頂有點禿，看起來感覺很好相處。

「以後你們就是我的學生了，有什麼需要可以盡量跟我說。」高老頭笑呵呵地道。

我鬱悶地賠笑，瞪了正站在我身旁，旁若無人地打量著四周的女孩一眼。

女孩假裝沒看見，依舊扯著腦袋亂看，一副沒見過世面的樣子。

「你們從小就在國外，現在應該不太習慣國內的生活吧？」高老頭客氣地問。

我客氣地回答：「不會，我們的父母都是熱愛故土的人，從小就有教我們故鄉的習慣、文化和語言。我相信我們很快就能適應這裡的生活。」

加拿大歸國華僑，是我們現在的假身分。

「加拿大的教育體系和國內很不同，不知道你們能不能趕得上其他同學的進度。」

小老頭似乎在為我們擔憂。

「當然能，我想問題應該不大。來之前看過高二的教材，並不會覺得太難。」我滴水不漏地回答，總之，還是裝得普通一點好。

至於我為什麼會來這裡調查呢？說來話長了，總之，我這個好不容易才結束高三，讀到大一的倒楣有為少年，社會的前途公民，又回到了高二。和我一起來的女生，是偵探社的同仁，名叫林芷顏，據說很有來歷。

不過關於她的來歷，她從來沒說，我也從來沒問。只知道她雖然長著一副如天使般美麗清純的臉孔，但是性格卻爛得和她的老闆有得比。

每個轉學生的轉學歷程都一樣，枯燥得要命。班導上台囉唆一堆，接著轉學生上台繼續囉唆。然後見縫插針地被扔到空置的座位上。結束，上課。

我和林芷顏被分配到後排的兩個位置，剛好坐在一起。她依舊一副好奇寶寶的模樣打量四周，絲毫沒有發現周圍男生如狼似虎的目光。

高二男生情竇已開，審美能力是十分強悍。而美女這種東西，剛好又是老少咸宜，只要是雄性生物都會欣賞的新奇玩意兒。

所以，那群死高二雄性的目光漸漸從絕美少女身上移到了我臉上，那種強烈到似乎足以用空氣來承載傳播酸味的敵視目光，確實足夠我喝上一壺了。

我的嘴角微微泛出笑容，手上裝作認真地做筆記，腦子裡卻惡毒地想起某個惡毒老闆用惡毒的語氣對我說過的一番話。他說，某個毒舌女性的年齡絕對是個秘密，不要單看清純有如女高中生的外表，據說，年輪上的數字，足以和他媲美。

也就是說，這位叫做林芷顏的清純派美少女，年紀應該有三十以上。不知道這些臭雄性知道後，會是什麼表情。不過有點可以肯定，知道的人一定會被某惡毒女子毫不猶豫的滅口吧。

春末的氣候很宜人，不冷不熱，是適合睡覺的最好季節。

化學課剛好又非常枯燥，講課小老頭的聲音正好也極度的具有催眠效果，班上的同學大多開始靠在桌子上睡起來。

我的視線若有若無地緩緩在教室中掃視，將這間教室中的所有人做了個歸納總結，順便和記憶中的名字一一對照。

高二三班，理組班，一共有六十三名學生，其中女生二十九名，男生三十四名，很正常的比例。

其實這個班級，在幾個禮拜前，原本有六十五位學生，不過，自殺了一個，失蹤了一個。而失蹤的那名女生情形頗為蹊蹺，有值得商榷的地方。雖然當地警方已經介入調查，但找了快一個禮拜，連人影都沒找到。

我用原子筆輕輕地敲擊手背，大腦開始回憶起一個禮拜前楊俊飛那混蛋派來的委託。

那時，我正跟著導師做超自然現象的研究，原本就要抬著儀器到德國某個最出名最兇惡的古堡測試電波數值時，那混蛋突然來了電話。因為合約的緣故，我沒辦法拒絕，只好搭著當晚的飛機去了加拿大。

剛到，楊俊飛就一臉興奮地拿了一張委託單遞給我。

「小夜，我們新開業務的第一份委託。嘿嘿，總算是開張了！」他笑得滿臉燦爛。

我皺著眉頭一看，不禁苦笑。

說起來，半年前這位腦殘無聊的中年男人便在他自己的偵探社裡張羅著開一個特殊的部門，「哇~不可思議現象Kill部」，很不幸的是，部員至今為止都只有我一人。

更讓人鬱悶的是，這新業務半年了都一直無人問津，於是那傢伙乾脆把業務深化到網路上，專門弄了個網頁，讓人透過一連串繁瑣的步驟進行跨區委託，那傢伙還得意洋洋地說這樣委託步驟就簡單明瞭很多，也能很輕易了解世界各地怪異事件的動向。

至於為什麼他非得了解世界各地怪異事件的動向，我至今也搞不明白。

雖然我本人不怎麼看好這項業務，但讓人跌破眼鏡的是，沒想到剛過幾天，就真有委託上門了。

瞥了一眼手中的那疊資料，委託人竟然是個女孩子，高二生，中國籍，用了匿名。

她的簡述裡提到，自己的學校最近發生了一連串古怪的事，不斷有人相繼死去。所有人都死得莫名其妙，而且那些人之間，沒有任何的關聯。她害怕，下一個會輪到她自己。

「惡作劇。」我只看了一眼就下了定義，然後將資料扔到一旁，抄起手機準備訂回德國的機票。教授的試驗比較讓我感興趣一點，何況，還能賺學分。

楊俊飛皮笑肉不笑地看著我，「從哪看出來是惡作劇？」

「太簡單了。先撇開她曖昧不清的描述，既然所有死者之間都沒有關聯，那她憑什麼認為下一個死的就會是她自己？」我不屑道。

「或許她心裡有個判斷，就因為這個判斷，或許令她有了導致那些人相繼死亡的標準。但這個標準她說不出來，更有可能，是完全不能說。在徬徨的時候，她發現了我的偵探社，然後像抓住了一根救命稻草似的，希望有誰能去救她。」楊俊飛合攏雙手在胸前，一副噁心的祈禱姿勢。

「你的觀點我無法苟同，要查你自己去查。」我堅定地搖頭。

「你看看後面的資料，全都是那所高中最近發生的怪異事件。」他毫不氣餒地蠱惑我，「這些事每一件都很有趣，如果不是我手上還有個 case 一定要盡快完成的話，早自己去了，輪都輪不到你。」

「請便，我可沒那麼多的興趣。」我一邊說，一邊習慣性地翻了翻資料。確實，那間學校這段時間發生了許多難以想像的怪事。有人突然精神失常，趴在地上舔地面的沙子。有些人在上體育課時，猛地掐住了前邊同學的脖子，死都不放手，導致那女生因為缺氧過度，至今還躺在醫院裡。

學校今年的自殺率，以及學生失蹤率也高得令人心驚，因為意外死亡的有四人，自殺的五人，失蹤的一人。一時間弄得整個城市人心惶惶，家長紛紛考慮自己孩子的轉學事宜。

不過，這些干我屁事。

突然，有個名字映入眼簾。我猛地一呆，然後眉頭沉了下去。這傢伙，居然也在那所學校。那裡究竟發生了什麼事？

猛地抬頭，我頓了頓道：「這個案子我接了，今晚就幫我訂機票。」

楊俊飛那混蛋明顯對我這麼輕易就妥協的行為十分詫異，愣了半晌才傻呆呆地道：「還有一件事。」

「說。」

「從今天開始，你有搭檔了。是個美女哦。據說她有點仰慕你……」

至於林芷顏是不是仰慕我，又或者完全只是楊俊飛那混蛋在瞎扯，至今還難以考證。至少就我的觀察而言，這實際年齡和模樣完全不相配的老女人，總是深深地隱藏著一副臭屁的惡毒性格，要她仰慕一個人，難度恐怕跟直接把老男人從地球一腳踢上月球差不多。

偷瞅了身旁的老女人一眼，只見她認真地看著老師上課，認真地用筆在紙上亂畫，認真地將一個又一個的豬頭畫在化學老師的肖像上。

彷彿注意到我的視線，她更起勁了，在紙上亂寫一番，扯下來，揉成小團，然後砸在我的腦門上。

我撿起來展開一看，上書一行小字：

有沒什麼發現？

不可能有。

我寫，然後報復性地扔她臉上。

她有點惱怒，寫字，撕扯，揉團，扔。

我打開：白痴，不知道就搖頭。你以為紙團砸在我柔嫩的小臉上不痛嗎？你送我化妝品？

這傢伙，究竟是個什麼爛性格的女性。真不知道楊俊飛那傢伙配了這種搭檔給我是不是出於報復的心態。

白痴，我故意的。

我寫好紙條，扔。

林芷顏明顯動怒了，化學課本直接朝我丟了過來。還好我閃得快，那本書直直向後飛去，狠狠砸在斜後方儲物櫃的門上，薄皮鐵門被打得凹進去，發出令人側耳的巨大響動。

這隻女怪物，看她手纖細得像誰都可以折斷似的，沒想到力氣居然那麼大。那書要真砸在身上，我下半輩子恐怕都得在醫院裡度過了。

看著大驚小怪望過來的老師、正暢遊在睡夢中被巨響驚醒的眾人，以及被聲音嚇到的原本清醒，現在開始犯糊塗的同學，林芷顏不慌不忙，輕輕地揉了揉手腕，臉上一紅，溫柔地朝四周掃了一眼，低下頭，羞愧的輕聲說道：「對不起，人家手滑了一下。」

靠！究竟怎樣手滑才能滑到那種程度？而且這女人，作戲的水準還不是普通的高超，足夠拿下一屆的奧斯卡最佳裝模作樣獎了！

教化學課的小老頭一頭冷汗，咳嗽了幾聲，用教鞭敲敲黑板。「各位同學，看這裡，看這裡。林芷顏同學剛從加拿大轉回來，各方面都不適應，拿書手滑是很正常的，不要大驚小怪。

「過幾天就要考試了，努力一點，將來要考不上好大學，就找不到好工作。沒有好工作，就不會有好家庭。家庭一不好，麻煩事就會接踵而來。就看我家老伴……」

恐怕講台上的那位仁兄就是從小沒有好好讀書，沒弄到個好大學混個好文憑，所以老婆沒娶好，家庭不和睦，都是肺腑之言啊。

見四周同學都安靜了，林芷顏狠狠地瞪了我一眼，一副下課後要跟我去頂樓單挑的模樣。

化學課繼續，春蟬在窗外的樹上叫嚷個不停。果然快要夏天了，教室裡都有一種高溫將要來臨的怪異臭味。

那種臭味實在讓人覺得很噁心，八成是最近負責打掃的值日生偷懶，很多地方沒有清理乾淨。垃圾都開始發酵了。特別是坐在教室的後邊，味道非常濃烈，令人覺得噁心。

有沒有聞到一股奇怪的臭味？

林芷顏又一個紙團毫無預兆地砸過來。

有，很臭。像是什麼腐爛了。

算是個正經的問題，可以回。

覺不覺得這股味道有些奇怪，像是肉類腐爛的臭？

肉類腐爛？我小心翼翼地透了一股氣進鼻子裡，然後皺起眉頭。果然，這股臭味十分異常，不像是普通垃圾發臭。這股惡臭，很意味深長。

正想著，有位同學已經舉手站了起來。「老師，好像有股很臭的味道。」

化學小老頭被人打斷了飛散口沫的有前途工作，憤憤道：「年輕人，就連這點苦都吃不了。臭，哪裡臭！想當年我在鄉下的時候，糞坑都挖過。那臭味要聞了，你們這些溫室裡的花朵才知道什麼叫做臭……」

頓了頓，他抬起頭使勁嗅了嗅，立刻一副想要吐出來的模樣，猛地跑下講台，拉開窗戶深深吸了幾口氣。「呼，不要說，還真臭。哪個王八蛋把沒吃完的東西塞在教室裡了？都臭了！」

講台下的同學一臉坦然，很有默契的同時搖頭。

「老師，臭味是從那裡傳來的。」我指了指身後的儲物櫃，剛才林芷顏那記「化學書爆裂大飛劈」將門打出了一道小縫隙，讓裡邊的味道有了發洩的突破口，散發了出來。

「打開看看。」小老頭發號施令。

我點點頭，走了過去。這個儲物櫃原本是用來收拖把、掃帚等清潔用品的，但自從學校將用品統一放在每層的最後一個房間後，就沒有再使用過了。門和櫃子的連結部分稍微有些生鏽，不用力還不太容易打開。

我用領口捂住鼻子阻擋臭氣，用力將門向外掀開。猛地，一股更強烈的臭味迎面襲來，裡邊的事物也隨著這股惡臭露了出來。

瞬間整間教室安靜得如同死域，就連呼吸聲都彷彿被遮蔽了一般。我側頭向裡一看，整個人都驚訝地呆住了！

儲物櫃裡，居然有一具屍體，一具早已經腐爛，甚至滲出黃水的屍體。

這是具女性屍體，還穿著本校的校服，蜷曲著身體，雙手抱著膝蓋，安安靜靜地坐在地上。她抬著頭，眼皮已經腐爛得如同破布一般，懸吊在眼球上。混濁的眼珠直愣愣地望著前方，像是在恨恨地看著所有人，仇視地死死盯著。

# 第二章 香屍（上）

化學老師顯然沒有心理準備，也來不及研究生物體上的腐化反應，只是呆呆地張大嘴巴，手拿著教鞭，顯然已經和所有人一起石化在教室裡。

沖天的臭氣瀰漫了整間教室，但沒有人感覺到，只麻木地盯著那具屍體，許久後才有女生回過神來，撕心裂肺地開始尖叫。

「芷顏同學，把所有人都趕出去。」我大喝一聲，叫著身旁絲毫不覺得噁心，反而看得津津有味的林芷顏。

她回頭看了我一眼，沒有說話，乾脆地拍拍附近同學的肩膀，柔柔地輕聲細語道：「這位同學，把所有人帶去走廊，順便報警。快一點！」

那位被她拍醒的同學下意識地開始將所有人當鴨子趕，亂糟糟的，伴隨著此起彼伏的尖叫聲，好不容易才走了個乾淨。

「妳怎麼看？」我瞥了她一眼。

林芷顏淡淡道：「不像是他殺。」

「但有人傻得在班上的儲物櫃裡自殺嗎？」我皺眉，仔細打量那具屍體。是一具女屍，這間學校每年都在更換校服的樣式，所以造就了每個年級校服都不同的壯麗景觀。託有戀衣癖校長的洪福，由校服判斷，應該是本校的高二生。

腐化程度已經很明顯了，體液滲出的黃水積在密封的櫃子底部，大約有幾公分。由於最近持續高溫，屍體應該已經放了一個禮拜左右。屍斑出現得很均勻，並沒有死後被人移動的痕跡。

這女孩臨死時用雙手捂住自己的臉孔，只留下一雙眼睛，但就是那雙眼睛，令人感覺異常的恐怖，眼珠子死死地盯著前方的某個位置，臨死都全神貫注的樣子。

到底是什麼東西值得她這樣看？

我捂住鼻子，用手上的筆將屍體的手掌撥開。

頓時，我驚呆了。

死者臉部腐壞得特別嚴重。臉上有一道又一道的傷痕，看傷口的樣子，應該是臨死前用某種銳器刮出來的。

林芷顏看得很仔細，看著女屍臉上無法言喻的痕跡，又抬起她的手，聚精會神地看起來。許久才說道：「這些傷痕是她自己弄出來的。」

「應該是。所以才讓人更難以理解。」我點了點頭。

這些痕跡，與其說是利器造成的，還不如說是指甲。鬼知道這女孩臨死前在想什麼，又或者遇到了什麼難以描述和想像的事，讓她做出如此瘋狂的自殘行為。用肉眼都能判斷出傷痕的深度，即使腐爛了一層，依然能想像到當時那種非人的痛楚。

「搞不懂。」我苦笑一聲，突然看到她的右手掌中有個晶亮的東西在反光。林芷顏顯然也發現了，和我對視一眼，她不知從哪裡掏出一個保險套，用力套在手中，硬生生將死者的手掰開。

再次徹底地確定了她非一般的年齡。否則，有哪個正常普通的女性會隨身帶著保險套？

那反光的物體被女屍抓得很緊，由於腐爛後肉質變得鬆散，那東西根本就已經陷入手掌中。好不容易才從肉裡將它挖出來。

居然是一面小巧玲瓏的化妝鏡。

我打量著她手中這面普通的鏡子，許久也沒看出異常。但為什麼，那女生都死了還要緊緊握著它？她死得那麼蹊蹺，這會不會是她留下的死亡訊息？難道她想透過這面鏡子，向看到的人透露某種信息？

「她死前，應該一直都在看著這面鏡子。」林芷顏的語氣很淡，不過顯然也百思不得其解。

「但，她看鏡子幹什麼？這扇門關閉以後，黑漆漆的什麼都看不到，當然也看不到鏡子裡映出的東西。難道，她在看鏡子時，並沒有關儲物櫃的門？」

我連忙檢查起櫃子，不一會兒便臉色鐵青，語氣也開始微微顫抖。「不對，那時儲物櫃絕對是關起來的。」

「你確定？」她有些詫異。

我將她拉過去，指著門與櫃子的接縫處，氣息急促地道：「妳自己看看。門和櫃子接觸面都鏽蝕了，而且連接它們的轉軸也完全鏽死。看看地上脫落的鏽斑，全是妳剛才用蠻力打開櫃子時弄下來的。」

只見地上有一堆鐵鏽，黃黃的，似乎已經結了很久。

頓了頓，我又道：「注意這些鏽跡，應該是形成很久了。這扇儲物櫃的門，至少有一兩年沒人開過。」

「不可能！」林芷顏微微色變，吃驚道：「如果這門真的已經有一年多沒開過，那這個女孩究竟是怎麼進去的？看屍體的腐爛情況，絕對不超過九天。」

「這就是我最困惑的地方……」用力拉拉她的衣袖，示意她停止討論。

一向慢吞吞的警察，終於來了。

和林芷顏在警局裡錄完口供，已經是一個多小時以後。當天下午學校放了假，我和她便一起回到出租屋中。

名義上，我和這老女人是一同因為父母的工作問題從加拿大轉學到這個小鎮的高二學生。而且在設定裡，我們從小就是青梅竹馬、兩小無猜的鄰居，因為父母實在很忙，長年累月不會回家，所以兩家的父母讓我們住在一個屋簷下，由她照顧我的起居。當然，設定，畢竟只是設定而已。

一進門，林芷顏就在腳後跟上蹬了兩下，將運動鞋踢到某個顯眼的角落裡，然後舒服地躺在沙發上。「累死老娘了，裝小女生果然不是一般的痛苦。」

這個死老女人，明明一把年紀了，還偏偏長了一張娃娃臉，噁心。

「夜不語，煮飯。」她從沙發上的報紙裡抽出娛樂版，整個身體用力地舒展開。

煮飯？這個陌生的名詞顯然讓我有點發愣，我呆在門後，脫下的鞋子還傻呆呆地提在手裡，然後就被這名詞給打擊得直接石化了。

見我完全沒有反應，她才懶懶地抬頭瞥了我一眼。「堂堂男子漢，你不會想要告訴我，你不會吧？」

我老實地搖頭，「煮飯這種技能，在我活著的十八年來，一直都是老媽或傭人才具備的。難道不是？」

她滿臉的無法置信，「現在的年輕人，能力實在太差了，嘖嘖。」嘴巴尖酸刻薄地撇了撇，令人有種想要一拳捶過去的衝動。

想到以後還是長期合作的關係，我強忍住氣，笑笑地道：「要不，我去煮也可以。不過，請隨時做好食物中毒的心理準備。」

「切，算了。老娘自己來。」她從沙發上坐起身，挽起袖子，正當我滿心歡喜地看她準備走進廚房時，這女人卻拿起旁邊的電話撥了幾個號碼：「KFC嗎？給我送兩份三號套餐。對了，你們隔壁的披薩店電話幾號？什麼，你居然不知道。不知道過去問啊，怎麼對待客戶的。顧客就是上帝懂不懂！」

這女人實在無敵了。搞半天，她也是個根本不會做飯的人才。

草草地吃了點快餐，我便將臨走前楊俊飛塞給自己的調查資料拿出來，雖然這份資料在飛機上已經看過好幾次，但每次看都覺得驚詫。

這所學校在最近的兩個月間，的的確確發生了許多無法解釋的事。

有人上體育課時發瘋似地學著青蛙跳，一跳一跳地跳到遠處，抓起那裡的沙子一把一把地吃進嘴裡，等體育老師來制止時，那學生卻已經恢復正常，驚詫地看著自己的雙手，然後嘔吐，沙子混雜著胃裡還沒有消化完的食物，吐了一地。

而有人在課堂上試圖自殺，用美工刀在左手腕的血管上用力地劃下去，刀口很深，血立刻流了出來。上課的老師嚇得臉都綠了，急忙送到醫院搶救，還好送得及時，命保住了，但嚴重貧血。

這些事情數不勝數，弄得整間學校人心惶惶。要不是這附近好點的高中只有這一所，大部分家長早讓自己的兒女轉學了。但就算如此，有能力的人還是將孩子轉到鄰鎮的高中。

發生事故的學生涵蓋範圍很廣，有交集的沒交集的混在一起，但具體的必然關聯一個也沒有。不過，有個現象卻是相同的，便是所有人事發後都不清楚自己為什麼要那麼做，他們說自己根本沒有那麼做的理由。確實，有些人品學兼優，家庭和睦，也沒有受到過同學的欺負，可以說生活過得十分美滿，完全沒有自殺的理由。

「關於月齡鎮高中的怪異現象，你有沒有什麼看法？」林芷顏戀戀不捨的將最後一口披薩吞下去，這才舔舔指尖，敷衍地問了一句。

這老女人，每餐飯量驚人，真不知道她怎麼保持現在的魔鬼身材的。

「完全沒有頭緒。按理說，一切事件的發生都應該是有原因的，但這間學校似乎在毫無徵兆的情況下，怪異的事情便冒了出來，根本無法理喻。」我托著腦袋冥思苦想。

「無法理喻也好，無法解釋也罷，總之先把整間學校調查一遍再說。」她毫不在意又舒服地蜷縮回沙發上。

「我說芷顏，妳以前接觸過難以用科學解釋的事情嗎？」我抬頭問。

這女人，用拳頭威脅我稱呼她暱稱，叫林芷顏不行，叫芷顏姐姐會有拳頭突然飛向我的腦袋，叫阿姨，想都不要想，絕對會被毫不猶豫的凌遲處死。不過這暱稱每次都讓我叫得怪怪的，自己都覺得有夠噁心。

「完全沒有，我只是個普通小女生而已。不過據老闆說這種事很有趣。我對有趣的東西一向都頗感興趣。老闆說跟著你什麼都不用做，看你做事就好，絕對不虛此行。」她無所謂地擺擺手。

搞了半天，老男人是派她來休假的。等回去我非宰了無良老闆不可！

「不過，這個事件倒真有些能勾起我的興趣。」林芷顏猛地坐起身，用手輕佻地抬起我的下巴。「聽說，你從小就能吸引一些奇怪的東西。」

我汗，這個聽說究竟是聽誰說的？說得我像個妖怪磁鐵似的。

本人當然斬釘截鐵地搖頭，「根本沒有，我的人生正常得很。」

腦中的安全警鐘在瘋狂發出巨響。千萬不能讓這死女人對自己感興趣，否則真不知道會有什麼下場。說不定哪天晚上，這瘋子會拿把手術刀趁我睡覺時把我解剖了，看我的構造和一般人是不是有什麼不同。

「嘻嘻，怕什麼，老娘又不會把你給吃了。」她笑得花枝亂顫，放開我的下巴。「不要狡辯，我可是看過你所有的檔案。你的人生非常有趣喔！」

該死的楊俊飛，這傢伙一個人折磨我還不夠，還找個長著娃娃臉的瘋女人一起來拿我娛樂。我乾笑了兩聲，申明道：「不是我吸引奇怪的東西，而是總會恰逢其時地遇到一些怪異莫名的事件。或許，是老天給我的鍛鍊吧。我以後或許會是個大人物喔！」

「有可能，前提條件是，如果你能活到那天的話。」這娃娃臉的老女人呵呵地嘲笑著，真是惡劣的個性。

「算了，不提這個。既然沒有頭緒，不如陪我去找一個人。」我故意岔開話題。

「哦，去找誰？」

「一個比我們老闆還老還有個性的老男人！」

※　※　※

雖然搞不清楚那傢伙究竟跑到這所學校想幹嘛，但當我們找到他時，這個比楊俊飛還老還有個性的老男人，正在學校的操場裡拿著某種東西偷偷摸摸的比比劃劃。

我帶著林芷顏躡手躡腳地跟在他身後，誰知道這個老男人完全沉醉在自己的行動裡，目不轉睛地繞著操場轉。實在有點不耐煩了，我這才幾步上去，拍了拍前邊那位仁兄的肩膀。

他嚇了一大跳，反射性地將手裡的儀器塞進口袋裡，這才帶著笑臉轉頭，解釋道：「這個操場有點意思，最近傷了幾個學生，我來看看是不是坡度有問題……」

視線剛接觸到我的臉孔，明顯，他大腦完全反應不過來，指著我好半天，這才結結巴巴地喊道：「小夜？你、你這渾小子怎麼在這裡？」

「二伯父，你都能在這裡，我為什麼不能？」我衝他眨眨眼睛。二伯父是個國際知名的考古學家，一向都很忙，而且生性古怪，從來都只對考古方面的東西有興趣，這次居然會甩開自己手上的研究跑來這裡冒充歷史老師，有問題，絕對有問題。

二伯父乾咳幾聲，「我在這裡很正常，一點都不可疑。有個朋友在這兒當歷史老師，剛好他病了，就讓我來幫他代幾天課。你知道的，我一向都是個熱心人。」

熱心人？這個詞用在他身上怎麼聽怎麼讓人彆扭，這老頭一直都是個只顧自己的主，這輩子也沒見他熱心過，任性給人添麻煩的事倒是時常發生。說起來，這恐怕是夜家人的特有風格。

我嘿嘿地笑著，「熱心人，聽說你最近在陝西。政府有意挖掘開發武則天和李治合葬的乾陵，不是派你這個熱心人去探勘嗎？不要說最近你突然轉性，突然覺得朋友比考古重要了。」

「還別說，我最近就真的覺得朋友很重要。」他撓了撓自己古稀的頭髮，一副欠扁的模樣。「唉，人老了，沒什麼搞頭了，還是放給年輕人，讓他們多鍛鍊鍛鍊。」

二伯父又瞥了我身旁的林芷顏一眼，「怎麼，你的新女朋友？最近喜歡上成熟女性了？」

靠，果然薑還是老的辣，二伯父一眼就能看出這老女人的真實年齡。不愧是考了一輩子古的人，眼睛毒，能夠去偽存真。

「我搭檔。不要轉移話題。」我趁他不注意，一把將這老頭藏在衣服裡的儀器搶過來。

這儀器光看就讓我嘖嘖稱奇，居然是高檔貨色，微型地層掃描儀。這東西據說前段時間才開發出來，國際上流通的絕對不超過十台，沒想到這老傢伙竟然弄了一台回來。好東西，當然應該毫不猶豫的沒收！

「微型地層掃描儀，嘿嘿，還說你在幫人代課。代課需要用到這種昂貴的儀器？二伯父，咱們都是聰明人，聰明人跟前不說瞎話，這東西是用來掃描地底下的物體用的，別以為我不知道。」

我絲毫不理會他的苦臉，將儀器揣進懷裡慢悠悠地說道：「這東西據說可以呈輻射狀射出一道人類肉眼看不到的，能夠穿透地層的光束。最深可達一百公尺，遇到障礙便返回，機器接受到反彈回來的光譜，會還原地底物體原本的樣子，很實用的東西。這麼實用的東西，如果只是拿來代課用，太暴殄天物了，還不如送給我。」

「魔鬼！」二伯父恨恨地看了我一眼，「行，我告訴你，不過這件事你不准插手。」

搞定。我滿足的急忙點頭。

二伯父嘆了口氣，「這件事，要從許多年前說起。大概是六年前的三月二十三日，這個小鎮的某個建築工地，挖地基挖到三、四公尺深時，工人發現，土裡有些不尋常的東西，還沒看出個究竟，挖土機的鐵臂就被擋住了！

「工人扒開浮土，一塊紅漆木出現在眼前。擋住挖土機鐵臂的東西難道就是它？什麼樣的木板能有如此的硬度？有人猜測，這可能不是一塊普通的木板，而是一口棺材！

「猜測很快得到了證實，一個多小時後，一口厚重的棺材終於完全暴露在人們的視線中！急不可待的人們想打開棺材看個究竟，然而，這口棺材無論從堅固到密封的程度都讓所有人始料未及，可這也更加激起人們的好奇心！棺材裡究竟躺著何等人物？重重保護下，又裹藏著什麼樣的秘密？

「幾個膽子大的工人想盡辦法想撬開棺蓋，但只是徒勞，最後他們不得不再次借助挖土機的鐵臂，才將棺蓋打開！

「一股奇異的香氣撲面而來！在場的人幾乎不敢相信自己的眼睛，棺材裡躺著的，居然是一名身著清代服飾的貌美女屍！這具女屍給人的第一眼印象便是她的漂亮，就像睡著了一樣，臉色鮮亮，皮膚顏色和活人沒什麼差別。

「如果這真是一具清代的女屍，那麼她至少已下葬了幾百年，而一具百年的屍體，不但沒有腐爛，反而有著活人一般鮮亮的容顏，這難道是真的？

「不久，當地的文物保護部門也得知了這個消息，然而，當工作人員趕到現場時，眼前已是一片狼藉！

「因為，當工人們打開棺槨，墓主人的美麗容顏著實讓他們吃驚，然而更讓他們驚訝的是棺木中的大量陪葬品！女屍身上戴了很多的金銀首飾，有個人反應過來，伸手就拿了，於是所有人都開始哄搶，女屍的衣服、帽子、頭髮都被拽散了！文物部門到的時候，只看到她的服裝還是半穿半落，其餘的都被撕得七零八落了。

「女屍出土的地方原本是建築拆遷後的工地，根本沒有墓碑可尋，此時，陪葬品又被哄搶一空，只能透過屍體所穿的服裝判斷，這是一具清代的女屍！

「可是，從一六四四年清王朝建立到一九一一年滅亡，前後跨越兩百六十八年的時間，女屍是什麼時間下葬的呢？文物部最後只能大致判定，這具女屍在地下埋藏的時間最長不超過三百六十年，最短就在近百年。

「要讓一具埋在地下的屍體歷經百年而不腐，即便是在今天也非易事，何況科技並不發達的清朝？而她的屍體之所以能被煞費苦心地保存下來，說明這名女子絕非等閒之輩！然而，六年後，我得到消息終於得見女屍的廬山真面時，卻無論如何都難以相信，這就是傳說中的美貌女屍。」

「那女屍怎麼了？難道因為接觸到空氣腐爛了？」我聽得興趣也開始茂盛了。

「不錯。女屍挖出來時，這間學校的一位歷史老師也在場。這件事也是因為他的一封信我才知道的。

「可惜那封信遲了六年。歷史老師對女屍的描述，與現場目擊者的描述基本一致。這位躺在棺木中的女子身高在一百六十五公分左右，身材修長、勻稱，四肢的關節均能活動。

「女屍的皮膚細膩而有彈性，沒有一點腐爛或脫水的痕跡，雖然失去血色，卻白皙得如同剛剛入葬一般。最讓人驚詫的是，她唇上的胭脂和精心暈染的紅指甲，居然也都保持著完好的色澤！」

二伯父惋惜地道：「這名女子由於長時間毫無保護地暴露在空氣中，屍體狀態迅速地發生了變化，原本臉色比較鮮亮，但挖出來大概二十幾分鐘後，臉色開始慢慢變暗，皮膚的彈性也逐漸不如最初時，似乎萎縮了，顏色也差了許多。等我六年後看到時，屍體已經發霉，成了一具普通的乾屍。」

「肌膚有彈性，關節能活動，這明顯是一具濕屍。」我托著下巴道。

「濕屍？那是什麼東西？會變殭屍嗎？」林芷顏一副好奇寶寶的模樣。

我不耐煩地解釋道：「所謂的濕屍，是指長時間埋葬後，依然能保有一定水分而不腐爛的屍體，其中，最具代表性的就是馬王堆女屍。至於會不會變殭屍，我就不知道了。」

「兇巴巴的。」林芷顏委屈地嘟著嘴偏過頭，又開始裝嫩。

二伯父顯然研究過這具濕屍，而且很感興趣才決定放棄乾陵的探勘工作。只是究竟這具屍體有什麼特別的地方，居然能讓這個老瘋子孤身一人前來這裡冒充歷史教師，暗中查探呢？

「二伯父，這具女屍的來歷，你有考據過嗎？」我決定打擦邊球。

「這幾年陸續追回一些陪葬品。不過，只能大概地判斷出一點。」二伯父的神色有些黯然，「女子所穿的服飾讓我對她的身分產生巨大的疑問，因為這些衣服不僅做工精美，用料考究，更重要的是它們有的織物只有皇家才能使用的龍鳳紋樣，而有的則縫有只有一品武官才可佩戴的麒麟補子。」

我愣了愣。清朝，在一個女人不許做官的封建社會，這具女屍居然卻能穿著帶有麒麟補子的服飾下葬，織物的紋樣中還帶有大量的龍、鳳這些象徵著皇權的圖案，再加上死後屍身能保存得如此完好，顯然非尋常百姓。種種跡象足以說明，女子生前地位顯赫，身分非同一般！

「奇怪的是，這樣一名女子，當地史料卻對她毫無記載，這實在讓人難以理解！」我有些疑惑。

「沒錯，最頭痛的就是這點。被追回的陪葬品是幾件純金首飾，其中包括兩根金簪、一個帽花、一只耳環。」二伯父說得起勁，從口袋裡掏出那幾件東西遞給我。

我透過真空袋，仔細地查看了一番。它們的做工講究，特別是帽花跟耳墜，是用鍊子、細金子網成的，一般只有宮廷的娘娘才能有這樣的做工。不光如此，我甚至發現飾品上居然還有捻絲的工藝。

「捻絲，我記得應該幾乎沒在民間發現過。」我沉聲道。

「不錯。這幾件金飾不僅做工精緻，而且光亮如新，應該不是死者生前使用過的，而是專門為陪葬打造的。這具女屍恐怕不僅生前身分顯赫，死後也葬得隆重，而且從死亡到下葬，時間非常從容。」二伯父點頭，頓了頓又道：「可以判斷，這名女子應是皇家之人。你再仔細看看飾物的後邊。」

我將飾品翻轉，定睛看了看。果然在金簪和帽花的背後，發現了一個相同的印記

「元吉」，並且在兩根金簪上，元吉兩字的下面還分別刻有不同的卦爻。

「怪了，『元吉』二字和這兩個不同的卦爻究竟代表什麼意思？」我目不轉睛地看著。

二伯父害怕我把他的寶貝一起徵收，急忙搶回去，解釋道：「無論是元吉二字，還是離卦、坎卦，代表的都是對死者未來的祝福，可見埋葬這名女子的人對她一片深情、滿懷摯愛！也就不難理解女屍為什麼能保持這麼良好，因為埋葬她的人希望她能長生不腐，永保美麗！但如果真是這樣，女屍身上的另一件事就蹊蹺了。」

「喔，這女屍上還有更離奇的東西？」我大感有趣。

「不錯，女屍上有傷口，一個碩大的T字形傷口！」

「傷口！」在一旁絲毫不在意我們的冷落，聽得津津有味的林芷顏捂住嘴做出小女生驚恐的樣子叫了起來，很噁心。

「很大的傷口。一個邊緣整齊，橫向切斷頸動脈、縱向切開甲狀軟骨、深達氣管的T字形傷口，顯然是利刃所為。」我們繼續無視她，二伯父拿出幾張照片遞給我緩緩講道：「如果埋葬她的人真的愛她的話，那麼這個足以致命的傷口又是從哪裡來的？是女子生前所致還是人們在她死後所為？究竟是出土時就有，還是出土後保護不當造成的？至今沒有人知道，只能猜測了！」

「不錯，女屍頸部的傷口確實蹊蹺。如果這個傷口真是生前所致，顯然是女子致死的原因，從傷口的形狀上看，應該可以肯定是他殺而非自刎。如果真要自刎，只要橫著一刀就足以致命了。」

我望著照片上的女屍，果然慘不忍睹，乾巴巴的，絲毫看不出曾經美麗過。難怪美人都害怕老去時候容顏不再，有些美女，寧願死都不願看著鏡中的自己逐漸變醜，頭髮脫落。

「可是，如果是他殺，是誰如此殘忍地殺害了一名弱女子，況且即便要殺她也不需要這樣下刀。這個T形的刀口，彷彿像是某個江湖高手，刻意留下的記號！」

「這個想法有新意！」二伯父掏出小本子連忙記上，這才又道：「古怪的還不只這一點半點。雖然一切都僅僅只是我們的猜測，在沒有新的證據之前，不能妄下斷語。儘管她死因不明，身分不清，不過，接觸過這具女屍的人還是有自己的一點猜測。」

「喔，說來聽聽。」

「這具屍體跟皇室有明顯的關係，從葬式葬具，以及腐化程度各方面都可以看出來。許多人認為，她很可能就是傳說中的香妃。」

「什麼？香妃！」

我和林芷顏頓時呆住了。

# 第三章 香屍（下）

香妃，是現代人耳熟能詳的人物。

傳說她是清朝乾隆皇帝的一位維吾爾族妃子，因為自幼體有奇香，故被稱為香妃。可是，香妃的故事一直只是流傳於民間，並無確切的史料記載，甚至歷史上有沒有這個人都是疑問。

「那些人憑什麼懷疑女屍就是香妃？」我好奇得牙癢癢的，恨不得立刻就跑去千里之外的博物館看看那具乾屍。

「既然是香妃，身上當然會有比較濃的自然體香，據說當初棺木剛打開時，香味撲鼻，幾公尺遠外都能聞到。有知情人士說那種香無法用其他香味來形容。好聞，但難以形容。」

二伯父一臉遺憾，恐怕在鬱悶自己當時為什麼沒在場。不過，一具在地下埋藏了至少上百年的清代女屍，不但屍身不腐還散發出撲鼻香味，這確實令人驚異！越來越想親眼看上一眼了。

林芷顏顯然也很感興趣，「關於香妃的傳說我看過一些電視劇，她原本是新疆回部酋長霍集占的王妃，回部叛亂，霍集占被清廷誅殺，清軍生擒香妃送予乾隆。但香妃心懷國破家亡，情願一死的決心，始終不從乾隆，最後被太后賜死。香妃死後，乾隆皇帝悲傷不已，最後以妃禮將其棺槨送往故鄉安葬。她應該葬在新疆才對。」

我撇撇嘴，「孤陋寡聞。誰都知道新疆喀什的香妃墓只是一座空墓，裡邊並沒有香妃的屍骨。」

又看了看照片，我指著女屍的背後道：「你們看，屍體後面尾骨處，長了一個短小的尾部，正常人是沒有的，但她卻有。古時候傳說，凡身具異香之人，都有這麼一個香囊，正好在這種尾部。說不定棺材裡縈繞百年的香氣，真的是從這個部位散發出來的。」

林芷顏搶過照片，嘖嘖稱奇地驚嘆了好一會兒，然後毫不猶豫地提出異議。「這一段尾部，從解剖和醫學角度來看，就是一小節脫出的直腸黏膜，只是跟皮膚黏連到了一起。從目前的醫學發現裡也沒有前例提到，直腸黏膜脫出就能發出香味。」

我乾咳幾聲，「所以才說是傳說。」

二伯父神情有點激動，依然在想香妃的事情。「其實歷史上找不到任何關於香妃其人的歷史記載。許多人認為，所謂的香妃其實就是容妃。」

我點點頭，「如果真的找到香妃的屍骨，證明她倆不是同一個人，確實是個大發現。至少許多電影愛好者會感謝您老人家。」

二伯父搖了搖頭，「虛名什麼的我不在乎。不過這具屍骨是香妃的可能性實在不大。別說香妃並不存在，就算確有其人，這具女屍也不會是她。」

我嗯了一聲，「贊成。女屍的腳是一對三寸金蓮，而傳說中香妃是維吾爾族女子，維吾爾族女子怎麼可能裹小腳呢？不僅如此，女屍就連滿人都不是！裹小腳是漢族的習俗，清軍入關後明確規定，八旗婦女不許跟漢族女子穿一樣的服飾，穿衣服都不行，裹小腳自然是禁止的。所以，可以斷定這是個漢族女子。但女屍尾椎上的東西真的是直腸黏膜的脫出物嗎？」

「是不是不重要，我來這裡，就是為了找出她的身分。」二伯父孩子氣地握緊拳頭。看來是真的想動真格了。

「有趣，實在很有趣。」我看著他，「但你也不用偷偷摸摸的來啊。」

「沒辦法，因為挖掘乾陵的事和幾個老朋友鬧翻了，他們怎麼樣都不放我走。但我又想調查這具女屍，於是乾脆一個人偷溜了出來。不好打以前的名號，乾脆讓寫信給我的那個歷史老師想辦法，他就裝病，推薦我來這所學校幫他代課。說起來，現在的國中課程真的是難得活受罪，我都有點吃不消。」二伯父撓了撓頭，苦笑。

「喔，難道那具女屍的出土地點，就是在這裡？」我環顧了一下四周。

「沒錯，就在這個操場。」二伯父盯著我的口袋，似乎在盤算怎麼把自己的微型地層掃描儀搶回去。

我嘿嘿一笑，大方地掏出來在空中揚了揚。「這東西借我用幾天。這是我的手機號碼，有發現就給我電話。」

說著就叫上林芷顏準備開溜，沒走幾步，二伯父像是想起了什麼，突然問道：「對了，你這渾小子到這裡來幹嘛？」

我轉頭笑了笑，答非所問地說：「二伯父，這地方不安全，你也要小心點了！」

確實，總覺得這間學校透著古怪，恐怕，真的有點問題。

在街上胡亂吃了點東西，回到租屋時已經過了晚上七點，林芷顏和老闆通完電話，就毫不淑女地大剌剌倒在沙發上看電視。我打開電腦查了些數據，然後坐到了她對面。

「今天教室裡的那具屍體，妳有什麼看法？」我問。

林芷顏懶洋洋地盯著電視：「自殺。」

「櫃子門軸都生鏽了，一年多內應該沒有開過。難道那個櫃子有其他入口？」我疑惑道。

「也不能排除強氧化反應。屍體的體液都化成水流了出來，而且最近天氣悶熱，屍體腐爛的速度快。有可能會在密閉空間裡形成強烈的氧化反應，讓鐵快速生鏽，形成幾年沒有動過的假象。」她撇撇嘴。

我搖頭，「這點我也想過，但陳年的鐵鏽和強氧化形成的鏽跡並不一樣，這個本人還勉強能分辨得出來。」

「那你覺得該怎麼做？」她抬頭看了我一眼，「事情丟給你調查就好，我想安安靜靜地看電視！」

靠，這個老女人，完全沒有作為搭檔的自覺。都不知道楊俊飛那混蛋把她扔到我身旁來幹嘛。哼，看來那傢伙本身都不太受得了她的爛個性，丟給我，自己好眼不見為淨。他是淨了，我卻要被氣死了。

強忍住鬱悶，我彈了彈手上的資料道：「剛才上網看了這個小鎮最近的新聞，居然發現這所學校兩個多月前死過一個叫尹曉彤的高二女生。

「當時學校讓整個高二去附近的陰陽嶺旅遊，這個女孩趁著領隊老師不注意時，安靜地走到懸崖前，跳了下去。」

我看著資料，「不過有一點很奇怪。這女孩雖然相貌一般，但平時和同學朋友之間的關係很好，性格也十分開朗。家庭更沒什麼大問題，父母沒有離異，對她很溺愛，但也沒有溺愛到完全不給她自由。總之，她根本就沒有任何導致自殺的理由。不過就是這樣的女生，居然毫無徵兆，說自殺就自殺了。

「值得注意的是，對她的死，目擊的同學眾說紛紜。有人說她是被陰陽嶺裡的冤魂拖走的，有人說她被髒東西迷住了心魄。

「據看著她掉下去的一個女孩說，她展開雙手，似乎想要飛起來的樣子。但當她掉下去後，臉上曾經一度變得迷茫，然後驚恐不已。之所以沒有尖叫，完全是因為來不及尖叫，就已經跌下去，死了。」

林芷顏敷衍的「嗯」了一聲，似乎根本沒有注意我在說什麼。氣死人了，這老女人，我真想一腳踹過去，實在太欠扁了！

我懶得再和她說什麼，拿起筆記型電腦回自己房間。開了罐啤酒猛地喝了幾口，立刻舒服地吐出一口氣。

租屋離學校只有幾百公尺，是獨棟別墅，視野開闊，位置非常好。想了想，我從書包裡掏出一個小袋子。說是袋子，不如說是保險套，裡邊裝著那名女屍緊緊拽住的化妝鏡。當時警察來得急，我只好隨便從林芷顏那裡拿了個保險套，將鏡子套進去，丟到書包中。

舒服地躺在床上，我將那東西放在與眼睛垂直的地方，透過套子仔細觀察這個化妝鏡。很普通的東西，就是小女生經常使用的那種，任何一家飾品店都有賣。

鏡子呈現半個巴掌大的圓形，全金屬外殼，外殼光可鑑人，足夠照出人影了。而打開外殼是上下兩面鏡子，方便用來照眉毛等，滿足女生各種古怪的自戀需求。

只是不知道，這面鏡子的主人，那具女屍究竟是誰。可能要明天調查後，才會有個結果吧。

就在這時，一股惡寒猛地從腳底竄了上來……

那個化妝鏡的金屬外殼上，似乎映出一道黑影飛快劃過。我立刻坐起身往左右看，房間裡空蕩蕩的，什麼也沒有。是錯覺？

當視線再次接觸到金屬鏡面時，我整個人都驚呆了。鏡中，有個黑影在房間裡亂竄著。它越竄越慢，最後在床邊停住不動了。

是個人，恐怕還是個女人。長長的頭髮，遮住了臉孔，我看不清楚樣子，她正向我慢慢走過來，越來越近，終於，她的頭湊到了我頭上，鏡子裡，她的長髮幾乎垂到了我的鼻尖，我甚至能感覺到鼻尖癢癢的。

身體一動都不能動，完全僵硬著，心臟瘋狂地跳動，似乎一不小心就會跳出心窩。我急促地呼吸著，冷汗不停地冒出來。十根手指完全無法動彈。

我就那麼拿著化妝鏡，眼睛在眼眶裡胡亂轉動著。

那個身影似乎只在鏡子裡出現，我的視線在房間裡搜尋著，卻什麼都看不到。但鼻尖的搔癢感卻是實實在在的，確實有東西正在我的上方，確實有頭髮輕撫在鼻尖上。

錯覺！一定是錯覺！

鏡子裡，那女人低下身子，一動不動地凝望著我。沒有眼球的眼睛一片慘白，令人噁心得想吐。

不行，不能這樣下去。或許，會死掉！

我的腦子雖然混亂，卻始終保持著最後一點清明。身體的警鐘在響動著，我拚足所有力氣，大叫一聲，從床上坐了起來。

有聲慘叫猛地劃破夜的寧靜，我從床上坐起來，心臟依然狂跳不停。我的眼神呆滯，死死地望著房間的角落，彷彿那個地方有令自己十分恐懼的東西。

房間裡的日光燈將四周照得很明亮。

全身還在不停地發抖。夢？剛才難道是在作夢？看看右手上的化妝鏡，果然，我拿著它，不知什麼時候稀裡糊塗地就睡著了。

門被敲了一下，緊接著就傳來「啪」的一聲巨響，硬生生被某個野蠻老女人踢開了。

我反射性一個翻身，跳到了床下。林芷顏嘴裡叼著一根牙刷，伸頭進來左看右看，突然嘲諷地哈哈大笑起來。「小夥子，難道作惡夢了。可憐的人，居然能嚇成這樣。要不要在媽媽的懷裡使勁哭一下。」

說著雙臂就朝我攬過來。

我氣不打一處來地躲開，臉色發青，這個死老女人，自己的醜樣偏偏被她看到了，不知道會被她流傳出去嘲笑多久。

不過，自己剛才看到的一切，真的是在作夢嗎？太真實了，真實得可怕。

※　※　※

那晚並沒有再發生奇怪的事，也沒有作惡夢，很正常地睡到了早晨。隨意泡了點麥片粥，我才將林芷顏敲起床。

這惡劣女人滿臉不爽的樣子，嘀咕著刷牙洗臉，然後擦了一大堆護膚用品。

「小夜，睡眠不足是女人的天敵，會變醜的。到時候就沒人要了！該死，為什麼我非得這麼早起？」

「敬業一點吧，大姐。現在我們可是在裝普通的高二生，盡量普通一點。我說，知道什麼叫普通嗎，妳居然……」我本來靠在門邊等她，見到她居然拿了口紅和睫毛膏準備塗上去，立刻一把抓了過來。「有高中生上課時會塗這些嗎？」

「古板，現在的死高中生不知道多可怕，我們不敢做的，他們大概都敢。塗點口紅和睫毛膏，簡直就是小case。」她撇撇嘴準備搶回去。

我將手背到了身後，「例如？」

「沒有例如，總之就是很厲害。」

「切，如果不想教務處找妳麻煩，最好乖乖地安分點，不要引人注意。」我將手裡的東西扔進垃圾桶。

她滿臉哀怨地看著我，看得我渾身雞皮疙瘩都冒了出來。「很貴的。」

學校離住的地方實在很近，沒走幾步就到了。

一過去就看到有一群一群的學生圍在學校的大門前，鬧哄哄的，似乎在看什麼熱鬧。我和林芷顏對視一眼，巧妙地在人群裡挪動，好不容易才擠到了第一排。

只見人群的中央有個半徑五公尺大的空間，裡邊有幾名學校的警衛在隔離學生，禁止他們走過去。而最中央的位置，樹立著一座真人大小的雕像。

這個雕像不但是真人大小，還和真人一模一樣。甚至連手上的血管都清晰可見。雕像是位女學生，本校高二生的服飾，只是表情十分奇怪，秀麗的臉孔透露著一絲恐懼，手似乎凝固在胡亂擺動的最後一個動作上，彷彿拚命想將什麼東西扔出去。

這名雕刻家還真是怪異，究竟想表達什麼？而且還把雕像擺在學校的大門前，實在過於詭異。怪了，昨天這裡還什麼都沒有，難道是今早搬過來？

「小夜，你覺不覺得，這座雕像似乎太真實了？」林芷顏湊到我耳邊輕聲問。

我小幅度地點點頭，「不錯。就像真人一樣。」

「說不定，這根本就是真人。」她的聲音大了一點。

「什麼！」我驚訝道。視線再次移向雕塑，果然，越看越像是真人，臉部吹彈可破的肌膚，白皙柔嫩，散發出青春期少女特有的活力氣息。仔細看，居然還能看到柔細的體毛。我渾身一顫，果然，這是活生生的人。

但究竟是什麼力量，發生了什麼事，讓她猛然停止了一切活動，甚至感覺不到呼吸，看不到肺部的起伏，讓她所有行動都凝固在現在的這一刻，讓她乍看起來就像一尊雕像的呢？

這些疑惑還沒有得到答案，呼嘯的尖銳警笛聲已經由遠至近。警察下車，將四周的人群驅散，然後叫人將活體雕像抬上救護車，再例行公事地找了幾個最早發現的人做筆錄。

雖然整間學校還是如往常一般在上課，但全校師生彷彿都心不在焉的樣子，每個人都不在狀態中。講台上講課的無精打采，台下聽課的也毫無集中力。只要閒暇，所有人都在討論那座人體雕像，以及昨天在我教室儲物櫃裡發現的那具女屍。

腦子亂成一團，好不容易挨到第三堂課，老師沒有來，只在黑板上留了大大的兩個字——自習。教室頓時熱鬧得像一鍋沸騰的粥，正當我想著是不是該到校園裡找點線索時，一團小紙團突然打在頭上。

# 第四章　活人雕像

扔紙團的是無良童顏女流氓林芷顏，展開一看，上邊只有三個字：坐過來。

我毫不猶豫地搖頭，這女流氓最近有成為新校花的可能，還是離她遠一點比較好，免得被那些腎上腺激素旺盛的死高中男生昨天才成立的「芷顏親衛隊」誤傷。

她瞪了我一眼，毫無自覺地將椅子挪到了我的桌子旁。

「看法。」她從嘴裡吐出了兩個字。

「那女孩，應該已經死了。」我言簡意賅地道。

「其他呢？」她不滿意。

「不太想得到，線索實在太少了！」我搖頭。

「活體雕像，不知是哪個變態弄的。嘖嘖，這個世界的治安越來越難以理解了。」

林芷顏嘖嘖地彈著舌頭。

「別傻了，我不信有人能做到那種程度。」我不屑地哼了一聲，「那個女孩的時間，明顯是凝固在死前的那一刻。不論動作，還是臉上的表情，完全是自然而為。她顯然是遭遇了某種難以解釋的事，但絕對不是人為的。」

「什麼難以理解的事？」

「不清楚。但說起活體雕像，我倒是想起了一件事情。」我向窗外望去，腦子裡回憶著，慢慢講道：「墨西哥去過沒？在那個國家的北部有一個叫奇瓦瓦的小鎮，小鎮上有家十分普通，又十分不普通的婚紗店。

「說它普通，是因為這種婚紗店在那個小鎮上有許多家。不普通的地方，是有一尊栩栩如生的人體模特兒站立在櫥窗前，模特兒是名年輕的女子，她的一切都很真切，手上的血管清晰可見，閃閃發光的眼睛中閃現著奇異古怪的笑容。甚至可以說是，在嘲諷這個世界。

「這位模特兒被稱為帕斯卡拉小姐，是名傳奇人物。她集神秘與奇蹟於一身，七十五年前就豎立在這個櫥窗裡，當地電台還專門編了一曲手風琴民歌，主角就是她。我聽到這件事情後，曾特意到那個小鎮上調查。」

林芷顏用手托住頭聽得津津有味。

「那尊新娘模特兒這麼多年了，看上去一直沒有變，還是那麼栩栩如生，甚至連很多細節，如她的頭髮、她的手指甲、她的皮膚，看起來都像真的一樣。

「據傳言，店主的女兒在婚禮上被一隻黑蜘蛛咬死。於是婚紗店女主人把女兒的屍體製成乾屍，然後擺在櫥窗裡。這東西在墨西哥非常有名，每年都能吸引無數好奇的遊客。但真相眾說紛紜。有人說『帕斯卡拉』是乾屍，有人說她是婚紗模特兒。」

我舔了舔嘴唇，「說實話，真相很簡單。一年前去墨西哥旅遊，我趁夜偷偷潛入那家婚紗店。晚上，那尊新娘模特兒更加恐怖。

「我摸了一把，裡邊確實有骨骼，皮膚也是動物皮膚，光滑細膩，甚至還有充足的水分。於是我從她的腳底板扯了一點皮膚下來，拿到外邊化驗，證實了，那確確實實是人的皮膚。

「那尊模特兒，曾經是個活生生的人。至於她怎麼會變成乾屍模特兒，怎麼不腐壞，而且保持得那麼完好，她的事蹟究竟是不是和傳說中的一樣？隨著第一代店主死去早已無法考證，不得而知。」

「你的意思是，今早那個女學生如果有萬分之一是人為造成的話，說不定手法和那具八十年前製成的乾屍新娘一樣？」林芷顏聽懂了，果然，和聰明人說話就是輕鬆。

「不錯。她們兩者有相似的地方。」我點頭，「那具乾屍新娘，如果注意看的話，八十多年來，姿勢從來沒變過。而且，她的姿勢非常自然，自然得就像是時間凝固在她身上，彷彿她去世時，就是擺出那種姿勢，連表情也很自然。

「表情這種東西或許能雕塑出來，但在一個有肉有皮膚的乾屍上怎麼雕塑？只能保持最後的樣子。而那具乾屍新娘，臨死時，流露出的就是那麼一副奇異古怪的笑容，彷彿是在嘲諷對方。妳不覺得，這種笑容用在模特兒身上，很古怪，很沒有親和力嗎？」

「而今天早晨的女生，也和乾屍一樣，彷彿時間凝固，表情驚恐，做出想要丟出什麼東西的姿勢……」說著說著，我的眉頭一皺，猛地站起身就朝外邊跑。

對了，既然她做出扔的姿勢，而手裡又沒東西，那麼是不是意味著，手裡的東西已經扔了出去。趁警察還沒注意到，應該能在周圍找到才對！

看著我跑出去，林芷顏莫名其妙，但腳步也不慢，立刻跟著跑了出來。

來到校門口，我站在早晨那活體雕塑站立的位置，左右觀察著。她來到我身後，低聲問：「你跑這裡來想幹嘛？」

「找東西。」我答，然後順著站立的位置緩緩向後退。

「你想模擬發生在那女生身上的事？」她又問。

我點頭，一邊退一邊說道：「那女孩，面朝大門，應該是從學校向外走，不慌不忙向外走只有放學的時候。但如果放學時她就僵在那裡，應該早就被人發現了，但她直到今天早晨才被來得早的幾個人看到，這就意味著，女孩是晚上由於某種原因，留在學校，直到很晚才想要出去。

「至於有多晚，我稍微問過。夜間警衛在一點鐘時會巡視整個學校，那時候沒有看到她。也就是說，女孩是在午夜一點以後才從藏著的地方走出來的。」

「她為什麼要在學校裡藏那麼晚？」林芷顏疑惑道。

「這點我也想知道。不過，很可惜，知道答案的本人已經死了。」我鬱悶地說：「不過，她應該無意間留下了一點線索。

「據發現的學生說，他們來到學校時就隔著鐵柵欄門看到那個女孩站在那裡，還以為是雕像，警衛來開門時也說學校什麼時候莫名其妙地立了個栩栩如生的怪異雕像在那裡，也沒有事先通知。

「開了大門，有個好奇的學生在雕像上摸了一把，觸感冰冷，卻很柔軟，像是摸在肉上。她一時間沒反應過來那或許是真人，只是反射性地又摸了一把，滿手都沾滿一種黏稠的液體，不像露水。當她意識到，自己的身前，那個雕像有可能是個真人時，便直接嚇暈過去。」

我又向後退了幾步，林芷顏調查了下現場道：「看起來，她應該是從教學樓裡走出來的。但有一點很奇怪。」

「說。」我抬起頭看了她一眼。

「既然她故意躲在教學樓裡，顯然就是不想讓人發現。既然要出去，應該也不會朝大門的方向走，畢竟那裡有警衛值班，很容易被人發現。一般想不被人發現地溜出去，學生大多都會找個地方翻牆。

「操場後邊就有個缺口，就算是女生花點力氣也能出去，犯不著冒著被發現的危險走大門。何況，就算僥倖沒人發現她，走大門也根本出不去，晚上門早就關了。」她分析道。

「除非，」我一愣，和她對視了一眼。「她是基於某種原因，想要引起別人的注意。」

「又或者，她想呼救！」林芷顏沉聲道。

「很有可能！」我興奮起來，「這樣就能解釋她為什麼腳步匆忙，而且滿臉驚恐的樣子。彷彿有什麼東西在後邊追著。再來就是，找找看她扔出去的究竟是什麼玩意兒了。」

「也對，她確實做出將東西丟出去的姿勢，既然不在手上，應該就在附近。女孩子的力氣一向不大，不難找才對。」林芷顏往雕像扔出東西的方向走了幾步。

我在記憶裡標刻出一個範圍，也緩緩地往那個方向走。

「不知道她扔的東西的輕重。昨天晚上的風不大，風向有點偏北，如果是紙片等輕的東西，應該在不遠的十一點鐘方向。如果是重物就難說了，不過基本上應該在一條直線上。」

「芷顏，妳順著十一點鐘輻射出的方位找過去，我順著這條線向操場那個位置看看。」我吩咐道。

林芷顏或許也覺得現在不是吐槽的時候，沒有反駁，點點頭做自己的事情去了。

我目不轉睛地盯著地面，任何一樣東西都不放過，就算學生亂吐在地上的口香糖也撿起來看看有沒有特別的地方，就這麼一直找下去。

女孩扔東西的直線位置在東北邊，正對著學校的操場。走了二十幾公尺，突然，有個東西在陽光下反射著金屬的光澤。

是操場的沙坑，沙坑的邊緣有個圓形的反光物。我幾步走過去，撿起來，居然是一面化妝鏡，和昨天我們在櫃子中的女屍手上找到的一模一樣。全金屬外殼，一手就能握住的大小，輕輕打開外殼，裡邊是上下兩面鏡子。上邊的鏡子已經摔破。背後似乎有一張方塊紙。

我將它抽出來。是張大頭貼，裡邊女孩的面容正是早晨的活體雕像。看來，女孩扔出去的就是這面鏡子。

但為什麼她要扔？這不過是一面十分普通的化妝鏡。怪了，昨天的女屍也緊緊把鏡子拽在手裡，就算臨死前，眼睛也一眨不眨地盯著鏡子的方向看。怪異的行動上，這兩個女孩的關鍵物都是鏡子。

實在讓人難以理解！

「有什麼發現？」林芷顏見我站著發呆，便走了過來。

我將那面化妝鏡遞給她。她仔細地看了一遍，然後將那張大頭貼拿在手裡。「不錯，確實是那個女孩，但她丟鏡子幹嘛？」

「這個問題，不巧，我也想知道。」我苦笑起來，「這間學校的事，讓我越來越一頭霧水了。搞不懂。」

「弄不懂就慢慢調查，總會知道的。」林芷顏看了看四周，「要下課了，我們趕快回去。你不是說不要引人注意嗎？自己的行為就已經夠讓人不注意都不行了。」

我抬頭看了看，所有老師應該都在開會，所以全部班級都是自習。但只有我和她明目張膽的在操場上瞎轉，還蹲在深坑裡猛挖，引得一堆同樣閒散的無聊人士貼著窗戶看得津津有味，想來正天馬行空地亂編造我和身邊這位貌似美少女的老女人的無聊八卦新聞。

低調，要低調！我抬頭衝那堆無聊得就差把臉都貼進玻璃裡的八卦人士微微一笑，然後慢條斯理地走進教學樓裡。

更無心上課了，不過自己本來就不是高中生，管他那麼多。授課老師也完全無心上課，找了一堆習題胡亂地丟給全班做，然後就低著頭在講桌上寫寫畫畫，一副「別理我，我很忙」的氣勢。

班上同學鴉雀無聲地幹著自己的事。還別說，這間學校的管理很成功，至少學生都很自覺，就算無聊地幹無聊的事，也不會影響別人。

我掏出那面剛撿來的鏡子仔細看著，想要看出一些有別於其他化妝鏡的地方。但我失敗了，不管怎麼看，它都不過是一個極為普通，任何一家飾品店都能買到的貨色。

看著看著，我突然用力地揉了揉眼睛。剛才似乎看到有個黑影飛快地劃過去。但自己要仔細看的時候，卻什麼都看不到了。

怪了，難道是受昨天那個惡夢的影響，自己有點神經緊張？放鬆，再放鬆。

我瞇著眼睛，可是這一瞇，那個黑影又出現了。黑影在鏡子的映照範圍內亂竄著，我看不清那東西是不是昨天我夢裡出現的女人。我嚇了一跳，抬起頭反射性地向四周看了看。果然，教室裡什麼都沒有。

可是鏡中，那個黑影依然在竄著，沿著四面的牆壁到處跳，像是一道漆黑的光線。猛地，那道身影頓了頓，然後以迅雷不及掩耳之勢衝入了我斜後方一個女孩的身體裡。然後，鏡子裡再也沒有出現任何異常的東西。

我驚詫得全身顫抖，脖子僵硬地回頭看向那個女孩。那女孩左手用一個化妝鏡照著自己，右手正拿著眉夾。彷彿察覺到我的視線，她抬起頭衝我開心地笑了笑，然後又低頭繼續夾眉毛。

行為很平常，難道是我最近被這所學校裡的怪事攪得稀裡糊塗的，開始產生幻覺了？

我自嘲地笑笑，回過頭將鏡子塞進書包裡。

就在這時，異變出現了。

那位拿著化妝鏡的女孩開始顫抖，她的眼神呆滯，死死地盯著身前女孩的後背。接著，她呆呆地看著手中的眉夾，笑得十分詭異，咧開嘴巴，然後用力將眉夾插進自己的眼睛裡。

血噴了出來，噴得她身前的女孩滿頭滿身都是。

她身前的女孩疑惑地摸了摸身上的液體，手上一片紅色，等反應過來究竟是什麼的時候，瞬間撕心裂肺地尖叫起來。

血流個不停。那女孩死死拽著手裡的鏡子，眼睛裡插著眉夾，彷彿完全感覺不到疼痛。只是開心地哈哈大笑，然後伸出右手，死死地掐住了尖叫的女孩的脖子。

全班都被這一幕震撼得呆住了，完全沒有人能反應過來。就連最膽小的女孩都呆呆的，根本沒想起應該尖叫。

被掐住脖子的女孩痛苦掙扎著，臉色變得如血一般紅，喉嚨裡發出「咯咯」的低啞響聲。我清醒過來，幾步走向前想要將那隻手扯開。好大的力氣，不論我怎麼扯，那雙手依然紋絲不動地掐著那女孩的脖子。

靠，拚了。

來不及憐香惜玉，我正準備將那隻手打折。突然，一個手刀砍在那個握著鏡子的女孩脖子上，女孩身體搖晃了一下，然後軟軟地倒了下去。林芷顏輕輕地轉了轉自己的右手，得意地衝我笑。

這個老女人，現在的狀況還有心思笑，真不知道她的心是什麼做的，比我還狠毒。顧不上理會她，我大喊了一聲。「誰有手機，快打急救電話。」

# 第五章 鏡仙

警察又來了，看得出來，他們來得很無奈，無精打采的，似乎對這間學校已經完全沒辦法了。他們將握著鏡子的女孩帶去醫院治療，而被掐住脖子的女孩因為沒有大礙，授課老師讓我把她送去學校的保健室。

至於為什麼一定要我送，因為那女孩驚嚇過度，暈倒在我懷裡後，還好死不死地狠狠拽住了我的手，死都不放開。

於是我用古怪的姿勢，極為吃力地將她抬了過去。更鬱悶的是，保健室的老師隨便檢查了一番，上了點藥，然後就將她丟給我，毫無責任感地走掉了。

這世道，難道我就真長了一副人畜無害的模樣，就不怕孤男寡女的，我起了齷齪心腸，乘機非禮她。反正她還在昏迷狀態。

將她抱到床上去，蓋好被子。然後伸手在旁邊拿了一條毛巾，看了看她滿臉的血污，我在毛巾上倒了點礦泉水，然後輕輕擦拭起來。

她的臉孔慢慢露了出來，居然是個大美女。臉的幅度很滑潤，瓜子臉，睫毛又黑又長，像兩把刷子一樣。五官搭配得剛剛好，視線一接觸，就感覺一股秀氣撲面而來，看得人很舒服。

班上有這種大美女，我居然都沒發現。唉，自己果然已經過了到處看美女的年齡。我搖頭苦笑，想要掰開她的手溜掉。可是她依然死死拽著，不管怎麼用力，就是不放手。看來我成了她昏迷前的救命稻草了。

說起來，自己一遇到美女就沒什麼好事。還是離她遠一點好！

我又開始使勁掰她的手指。就在這時，她的睫毛動了動，張開了大眼睛。女孩迷茫地環顧四周，然後漆黑的眸子凝固在我身上，一眨不眨地看著我，彷彿大腦在努力處理現在的情況。

但明顯，美女的大腦容量都不太夠，情景還沒在腦子裡處理完，她已經開始放聲尖叫。一邊叫一邊用右手抓住一切可以抓的東西扔向我，但拽住我的右手依然用力拽著，沒放手。

這個古怪的場景如果被人看到，不知道會笑死還是會鬱悶死。

「停！停下！妳給我看清楚情況。」我一邊在小範圍裡躲一邊喊。

哎喲喂呀，被人看到我這輩子的清譽就完全毀了。特別是被林芷顏那老女人看到，肯定會編造出九百九十九個版本，傳得全世界都知道。

那女孩絲毫沒有因為我的聲音停下，反而更變本加厲。扔完了可以扔的東西，開始用手捶打我，一副受侮辱的小女生形象。這什麼玩意兒，我究竟犯哪門子錯誤了。

實在忍不住了，我的火氣也冒了上來。一把用力抓住她的右手，狠狠將她壓倒在床上。「我叫妳停下，妳聽不懂啊！」

然後抬起來，揚了揚自己的左手。「妳自己看清楚，是妳一直都抓著我不放好不好。」

女孩迷茫地看著自己那隻一直無意識地抓著我不放的手，像是想起了什麼，臉上先是劃過一絲驚恐，然後臉龐一紅，終於放開我。不知道是害羞還是害怕地捂住了自己的臉。

「既然誤會解開了，那我走了。還要上課。」說完就準備開溜。搞不懂女孩子的心理活動，對這種生物，還是離遠一點好。

剛走沒一步，就感覺邁出的步子有阻力，衣服似乎被什麼扯住了。回頭一看，原本躺在床上的女孩坐了起來，右手依然捂住臉，左手卻堅定地拉著我的衣角。

「妳這是幹嘛？」我皺了皺眉頭，還有一大堆事情要調查，實在沒空陪這個不知所謂的小女生。

「我怕。」她的聲音小得一不小心就會忽略。

很好，就當我一不小心忽略掉了吧！沒聽到，沒聽到。我裝出很急的樣子，就想走。「急事，我要趕回教室去。」

「我怕。」她的聲音稍微大了一點。

「但，回了教室我還要去醫院。」

「我怕。」

「我最好的朋友病了。要去看望他。」

「我怕。」

「好啦，我承認了。其實病的是我，很惡毒的傳染病，當心我把病傳染給妳。」

「我怕。」

倒楣，這究竟是一種什麼樣古怪的對話。自己都有點搞不清楚狀況了。我狠狠地道：「妳究竟想怎麼樣！我真的有急事要處理，不要浪費我的時間了！」

女孩愣了愣，突然抽泣了起來。「但是人家、人家真的好怕。陪陪我好不好，就一會兒。」

看她那副脆弱得隨時要崩潰的模樣，我無語了。微微嘆了口氣，坐到了椅子上。

「謝謝，你是個好男生，溫柔……」女孩邊抽泣邊斷斷續續地說著。

我苦笑，活了二十年，說我什麼的都有，還真是第一次聽到有人說我是好男生。聽起來滿彆扭的。

醫療室安靜了下來，我們一個坐著一個躺著，沒有再說話。

「舒曉若。」不知過了多久，她才打破平靜。依然是小得不能再小的聲音道：「我的名字叫舒曉若。」

見我正要開口，她搶先道：「你是夜不語同學吧，昨天才來的轉學生。冷冷的大帥哥，還以為和你說話就會凍成冰呢，不過，很溫柔。」

像是想到了什麼，她看著一直拽著我不放的左手發呆了一陣，臉上一紅，又用輕如眉睫的聲音說：「還，很溫暖。」

「妳說什麼？」聲音小得我確實沒聽清楚。

「沒什麼。」她微笑著，雙手緊緊地抓住被子，臉上又流露出害怕的表情。

「蕭蕭怎麼會變成那樣？課間的時候都還好好的，沒想到轉眼就變成那副樣子。根本就沒有隔多久，她怎麼就變那樣了，明明還和我約好放學後一起玩遊戲的。」

「那個女生叫蕭蕭？」我「哦」了一聲。

「夏蕭蕭。」舒曉若黯然道：「她是我唯一的朋友。平時對我很好，有人欺負我立刻就會挺身阻攔，像我的大姐姐。」

「妳就只有她一個朋友？」我稍微有些詫異。這麼漂亮的女生，應該有許多人追求才對。

「嗯，只有她一個。」她抬頭看我，大大的眼睛裡噙著眼淚。「我很內向，怕生，所以很少和班上的同學交流，也很少說話。」

奇怪，那和我說這麼多幹嘛。我恐怕是個更陌生的人，看她滔滔不絕的樣子，哪裡內向了。

「夜不語同學是不是也有這種困擾？不知道該怎麼和朋友同學順利地交流？」她眨巴著黑白分明的大眼睛，一副楚楚可憐的樣子。「我不知道，所以常常做出一副冰冷冷的樣子，別人說什麼做什麼，我都不理會。不是不想理會，而是不知道該怎麼做，夜不語同學也是一臉冰冷的樣子，或許和我一樣，我們都一樣，都不知道怎麼處理交際的問題吧。」

搞了半天，我被她臆想成同一類人了。難怪她對我的話就多，搞了半天，是在交流交際障礙的心得體會。

我乾咳了幾聲，不知道該不該解釋一下。算了，這種事情她怎麼認為就怎麼認為吧，越解釋越亂，何況，讓她覺得有同類，心理上會好得多。唉，年齡大了，心腸也就軟了。偶爾做點好事也不錯。

這時，手機鈴聲響了起來。我接起來一聽，是林芷顏打來的，聽她說完，我掛斷電話，悶悶地坐在一旁半晌不出聲。良久，才抬起頭，衝面前這內向的女孩微微笑了笑。「要不要我給妳講個故事？」

她有點疑惑，但還是乖巧地點點頭。

「《我的野蠻女友》應該看過吧？電影的最後，全智賢彈的那首鋼琴曲，妳有沒有一種耳熟能詳的感覺？」

「好像隱約記得，很好聽。」她更疑惑了。

我緩緩道：「那首曲子叫〈D大調卡農〉，在它的低音部分只有八個音符組成同一組旋律，在短短的五分鐘裡居然重複了二十八次，可謂頑固至極，但妳覺得聽得膩味了嗎？

「它簡直就是我們小人生的縮影，短短幾十年裡重複著喜怒哀樂，想得開的人越活越有勁，因為他們很清楚世事循環歡樂和悲苦總是交相輝映。想不開的人覺得實在膩歪，索性胡攪蠻纏一通，到最後往往只落得一聲嘆息。禍在旦夕，要不要活下去只是一念之差。人生啊，就像那首曲子一樣，不過只是在不斷地重複又重複而已。」

「你想說什麼就說吧，我只是內向，但還有點心理承受能力。」舒曉若彷彿察覺到了什麼。

我一眨不眨地看著她，許久才嘆了口氣。「剛才朋友打電話告訴我，妳唯一的朋友，就在十分鐘前，已經死了。還好，是昏迷後死亡的，不會感覺到痛苦……」

舒曉若整個人猛地呆住了，她雙眼呆滯地望著前方，沒有哭，也沒有任何行動，彷彿呼吸都要停止了一般。不知過了多久，無聲的眼淚像自來水般流洩下來，終於她哭了。哭得傷心欲絕，用力趴在我的肩膀上，渾身都在抽動。

沒想到夏蕭蕭居然會死，急救車來得及時，應該不至於血流過多身亡，林芷顏說她是在昏迷中死去的，這點就值得推敲了。自己得親眼去看一看才放心。

今天學校裡的課，看來是上不了了，畢竟一天內接連死了兩個女生。不知學校的高層要怎麼處理，但學校的臭名恐怕是已經傳了出去，下學期的招生率會大大降低，而且明天可能就有家長會把孩子接走，畢竟有沒有條件是一回事，但涉及到孩子的性命，再沒有條件，也要創造出條件，砸鍋賣鐵都要供孩子去鄰鎮上學。

如果要根據電視裡神探的套路，鄰鎮高中肯定是第一嫌疑對象。因為他們得的好處最大，而且，那所學校和這間學校競爭一向都很激烈，有做案的可能性。不過真有人做到這種程度，幹嘛還去開學校，直接搶銀行得了，這樣的能力，搶了銀行一定不會被逮。

胡思亂想地將舒曉若送回家，臨走前她將自己的手機號碼塞給我，然後紅著臉一聲不吭地跑掉了。

回到家，累得半死不活地懶懶躺在沙發上，沒多久，林芷顏走了進來。她手上拿著一大疊資料，然後得意地衝我揮了揮。

我接過來一看，居然全是關於這兩天死亡的三名女孩的資料。這還差不多，這老女人，總算發揮出一點作為助手的自覺了。

我一篇一篇仔細翻看過去。

第一個，是昨天在儲物櫃裡發現的女屍，正是我轉來的這個三班一個禮拜前失蹤的女孩，名叫錢晴，今年十七歲，高二三班學生，出身很普通的家庭，父母離異，她被法院判給父親。有個後母，但據說後母對她很好，把她當作親生女兒。家庭算得上是和睦。

就在一個禮拜前的星期三，她和往常一樣回家，高高興興的，看不出任何異常。同行的還有幾個要好的朋友，她們買了幾個小飾品，然後在十字路口分開。

但那居然是所有人最後一次看到她。她沒有回家，從那時候起，她就失蹤了。兩天後心急如焚的父母報了案，警方也展開調查，到處都找過了，但始終沒有找到。直到昨天上午在她自己教室的廢棄儲物櫃裡發現了屍體。

後邊居然附著一份法醫驗屍報告，真不知道她從哪裡搞來的。說起來楊俊飛這老男人的偵探社，關係網絡四通八達，龐大得嚇人。

法醫鑑定，由於最近溫度偏高，要確認死亡時間難度很高。只能初步判斷，死亡時間應該在七到五天之前，如果大膽一點判斷，可以認為，錢晴在和朋友分手後不久就死亡了。

她的身上沒有任何粗暴傷痕，也就意味著，是自然死亡，並沒有任何其他人為因素摻雜在裡邊。身體由於在高溫下腐爛嚴重，許多東西已經無法判斷。但有一點可以確定，死者死於急性心肌梗塞。

最離奇的一點是，她整顆心臟彷彿被人捏爆了一般。確實是捏爆，看著報告上的那幅彩圖，即使是我也覺得有點慘不忍睹。

錢晴的心臟受到很大的作用力，由內向外爆掉，肉塊炸得滿胸腔都是，但從外邊卻一點都看不出來。直到法醫剖開屍體後才發現。

而今天早晨發現的活體雕像女，她叫左婷，今年十六歲，高二一班學生。她昨晚也像錢晴一樣，很正常地和朋友走出學校的大門，然後分道揚鑣各自回家，但根據父母的證詞，她晚上並沒有按時返家。當時他們以為這孩子又去朋友家玩，因為太晚就睡在了朋友家，以前也時有這種情況發生。所以就算她晚上沒有打電話回來也不是很擔心。

沒想到再見到時，已經是天人兩隔。

法醫的驗屍報告上說，左婷在解剖時，全身血液已經凝固。血液中含有大量鐵質，這也是她看起來像座雕像的原因。令人最難以理解的是，究竟要透過什麼方法，才能讓她全身的血小板全部啟動，無差別地對血液攻擊，造成現在的狀況。

資料上附了一份血液圖樣。果然，左婷的血液統統凝固成一團如同紅色果凍一般的東西，光看就覺得噁心。

不過血液的凝固並不是她的死因。她的死因也和錢晴一樣，是心臟受到大力擠壓，從內向外爆炸開，導致她瞬間猝死，甚至感覺不到痛苦。這種情況下，才讓她保持了像雕像一樣站立，一動不動，彷彿時間也停滯了的現象。

最後是今天看起來，像是被鬼附身一般的夏蕭蕭，所有情況都看在眼裡，就不再闡述。她自殘後，因為搶救得及時，命是保住了，但有一隻眼睛會失明。正當搶救的醫生鬆了一口氣時，心電圖監測儀卻猛地一跳，突破了最高顯示值，然後徹底地呈一條直線。

很有意思的是，她的死因也和錢晴以及左婷一樣，心臟爆炸而亡。

看完資料，我閉著眼睛將所有東西消化了一番，這才向林芷顏望去。「既然她們的死因一樣，那麼就有共同點了。如果這件事真的有實際意義上的犯人，那肯定是同一個犯人所為。死因一樣，也就意味著，導致她們心臟爆炸死亡的因素，恐怕也是一樣。」

「我也是這麼想。所以才感覺有趣，嘻，越來越有趣了。跟著你來一趟真的沒錯。」

林芷顏嘻嘻笑著，彷彿死掉的那三個女孩離她很遙遠，遙遠到銀河系以外。

這個沒心沒肺的死女人，果然不正常。如果是一般良家婦女，不要說發生在眼前，就算聽到也會惋惜一番。雖然那些良家婦女同樣不把這些當成一回事。

「對了，有一件事不知道該不該告訴你。」她像是想起了什麼，突然道。

「說。」我瞪了她一眼。

「那麼兇！」林芷顏委屈地嘟著嘴，「人家今天在學校裡調查了一番，憑著自己驚人的美貌和無敵的親和力，男生們知無不答。」

屁的親和力，我看根本就是在濫用色相。

「據說，學校最近幾個月很流行一種遊戲。」她頓了頓，「一種召喚鏡仙的遊戲。」

「鏡仙？」我呆了呆，毫無理由地想起從錢晴和左婷她們那裡找到的兩面化妝鏡。

「不錯。說起來，鏡仙到底是怎樣的一種遊戲？」林芷顏托著下巴問。

我疑惑道：「妳會不知道？」

「當然。別看我國語說得很流利，但從小在國外長大，對東方文化的了解僅僅限於很正常的知識範疇，靈異文化是一點都不懂。」她理所當然地解釋。

「那我簡單地說一點。」我皺眉，既然這老女人幫我調查了那麼多，等價代換，我確實也該付點小費。「鏡仙在東方文化裡，分離出了許多稀奇古怪的遊戲。不過最出名的有兩個。

「第一個是削蘋果問感情，據說能看到未來愛人的樣子。具體方法是在滿月之夜，或者看不到月亮的夜晚，準備一支沒有點過的紅色或白色蠟燭……還要準備一個紅色的蘋果。

「等到午夜十二點整時，關掉所有的燈，點燃蠟燭並把它立在鏡子前，用刀削手中的蘋果。呈圓圈狀的果皮要盡量削得細，削得越細，妳在鏡子裡看到的人會越清晰。

「一旦開始削蘋果就不能夠停止，特別要注意別削斷果皮，如果妳不小心，削斷果皮，那麼，妳和妳在鏡子裡看到的妳未來的愛人會有一個遭遇災難，甚至死亡。而且周圍一定不能夠有任何聲音，要絕對安靜。

「當妳削完蘋果皮的最後一刻，將來老公或老婆的樣子就會完全浮現在鏡子裡。

「而第二種是日本傳過來的方法。用兩塊一樣大，可以照出全身的鏡子，將它們面對面放置，就會形成無限的鏡像。在午夜零點時，召喚者站在兩面鏡子中間，用左手觸摸面前的鏡子，開始呼喚鏡仙。召喚的房間要安靜且只可有召喚者一人，傳言在凌晨四點四十四分時用這種方法，鏡仙就會被妳請出來，實現妳的願望。」

「無聊幼稚的遊戲。」林芷顏嗤之以鼻。

我苦笑，「不錯，確實無聊幼稚，但卻偏偏有許多人信了，還因為這些遊戲丟掉性命。」

# 第六章　古鏡

第二天，果然有許多學生沒有來學校上課。老師倒是來得很準時，不過板書寫得無精打采的，沒多久，便在黑板上寫了大大的「自習」兩個字，然後就不見蹤影。恐怕又是被校長召喚去開會。

舒曉若一直在偷偷瞧我，等我望過去，又滿臉通紅地立刻躲開。林芷顏悄悄扔了個紙條過來。上書：那個小妞似乎對你有意思，機會難得，趁機找她問問情況。

什麼叫機會難得，我就那麼沒有吸引力嗎？摸摸自己的臉，我大方地移動板凳坐過去。她立刻不知所措起來，似乎想要說什麼，但一察覺到周圍人詫異的目光，立刻害羞地低下了頭。

「想聽個故事嗎？」我微笑著問，這女孩也未免內向過頭了吧。

許久她才小聲吐出一個字，「聽。」

「不會讓妳後悔的，是個很有趣的故事。」我笑得越發友善，「據說在美國，曾有人做過實驗。將一隻最兇猛的鯊魚，和一群熱帶魚放在同一個池子，然後用強化玻璃隔開，最初，鯊魚每天都會衝撞那塊看不到的玻璃，耐何這只是徒勞，牠始終游不到對面去。

「實驗人員每天都會放一些鯽魚在池子裡，所以鯊魚也不缺少獵物，只是牠仍想到對面去，想嘗試那美麗的滋味，於是每天不斷地猛撞那塊玻璃。

「牠試了每個角落，每次都用盡全力，但也每次都弄得傷痕累累，有好幾次都渾身破裂出血。持續了好些日子，每當玻璃一出現裂痕，實驗人員就馬上再加上一塊更厚的玻璃。

「後來，鯊魚不再衝撞那塊玻璃了，對那些斑斕的熱帶魚也不再在意，像是牠們只是牆上會動的壁畫，牠開始等著每天固定會出現的鯽魚，然後用牠敏捷的本能進行狩獵，彷彿回到海中不可一世的兇狠霸氣。

「但這一切只不過是假象罷了，實驗到了最後階段，實驗人員將玻璃取走，但鯊魚卻沒有任何反應，每天仍是在固定的區域游著，牠不但對那些熱帶魚視若無睹，甚至當鯽魚逃到那邊去，牠就立刻放棄追逐，說什麼也不願再過去。實驗結束，實驗人員譏笑牠是海裡最懦弱的魚。

「可是失戀過的人都知道為什麼，牠怕痛。」

舒曉若明顯不清楚我講這個故事的意義，有點傻呆呆地看我。很好，至少她敢和我眼睛對視了，有進步。

我笑道：「其實人的經歷也一樣。內向並不是懦弱，而是對外界感覺害怕。那種感覺就像失戀過的人一樣，變得對任何事物都疑神疑鬼。最後到自己也搞不清楚究竟在懷疑害怕什麼，總之漸漸地就對社會和人際關係變得越來越無所適從，難以和人交流。」

「你是在開導我？」她小心翼翼地問。

「不算。只是交流內向的心得體會。」我正要繼續說下去，口袋裡的手機突然響了。掏出來一看，居然是二伯父。他要我立刻去辦公室找他。

「下次繼續交流。」我沒頭沒腦地結束了話題，用眼神暗示林芷顏開溜，然後裝出尿急的樣子急忙離開了。

隔著玻璃，就看到二伯父一個人留在空蕩蕩的辦公室。見到我們，連忙鬼鬼祟祟地將我們拉到操場的偏僻處，神秘地道：「我解開那具香屍為什麼沒有腐爛的謎了。」

「哦，說來聽聽。」我立刻來了興趣。

「你看這裡。」他指著乾屍尾部那一段多出來的地方，「按照醫學臨床來推導的話，首先判斷，她生前恐怕患有肛區的慢性疾病，也就是肛區的慢性脫垂。

「至於是什麼原因病死的，現在無從知曉；不過，死的時候因為很嚴重，所以一下子就脫下來這麼大一塊，而且這具女屍整個肛門的範圍比正常的要大。」

「難道這名女子的死因會與肛腸疾病有關？如果是這樣，她頸部的傷口似乎就更加難以解釋了。」林芷顏分析道。

我搖搖頭，「直腸從肛門裡脫出來的，不出兩個原因。一是人活著的時候不脫出來，因為肛門有肛門括約肌，什麼都出不來。她死了以後肛門括約肌鬆弛，肌肉逐漸腐壞，就等於變成了一個窟窿。

「另外一方面，她死後腹腔的壓力會增高，因為屍體的腐敗是從腹腔開始的，腹腔裡通常有許多細菌，人死後細菌會繼續繁殖，一繁殖就會產生很多氣體，會把腹腔裡的東西逐漸消化，然後氣體就會使腸管像香腸一般，讓肚子像氣球似的鼓起來，那個時候壓力最大，有可能把腸子從肛門中推出。」

二伯父見我們都沒有猜對，頓時興奮得像個小孩。「嘿嘿，不知道了吧。昨天我看了當年馬王堆女屍的解剖錄影，發現她居然也有直腸脫垂！她們不僅屍體的保存狀況相同，就連生前所患的疾病也一樣？這太說不過去了。或許，只是或許，這種疾病對保存屍體有某種程度上的幫助！

「於是我打電話問了幾位專家，專家說直腸脫出肛門，確實是由屍體腹腔內的細菌繁殖後產生的腐敗氣體造成的，這也是屍體下葬後的一種普遍現象。但問題是，既然她們的屍體內已經開始腐敗，為什麼沒有波及全身，最終使屍體得以保存呢？」

「那就意味著她的屍體有嚴密的防腐措施。」我聳了聳肩膀。

「不錯。我覺得很大一個原因就是她屍身裡的細菌繁殖需要氧氣，還有其他一些必要的氣體。畢竟細菌繁殖也需要各式各樣的條件，如果這些條件耗盡，就算是細菌也活不下去。這具屍體找到時，是密封的，就像真空一樣。」

二伯父得意地說：「人死亡之後，體內的細胞會很快開始自溶。細胞中的溶解酵素釋出各種蛋白水解酶，使大分子逐步降解為小分子。除了這一自溶過程外，屍體還會受到各種細菌的侵蝕，使肌體組織腐敗、分解。那麼碭山女屍和馬王堆女屍為何都能夠打破這種自然規律，讓身體濕而不腐呢？」

我眼睛一亮，「防腐劑？」

當初馬王堆女屍出土時，就有人發現，她的棺材裡注滿了一種紅色的液體，辛追夫人的屍體就浸泡其中。經過分析，這種棺液中不僅含有多種可以防腐殺菌的中藥成分，還含有汞和砷，研究人員認為，這種神奇的防腐液，正是讓馬王堆女屍得以千年不腐的主要原因。

「聰明。不過很遺憾，儘管從埋藏的時間長度上，這具香屍無法與馬王堆女屍相比，但她出土時，棺材裡並沒發現有什麼防腐液體存在。」二伯父說得搖頭晃腦，滿臉開心。「我昨天又到鎮上走訪，問了問知情人士。據說當年發掘現場，棺材埋在大約三、四公尺深的地方。

「女屍的槨用的是柏木，而棺是楠木，這兩種木頭都很堅硬，耐腐，也很名貴。一般人家用不起。耐腐蝕，會讓保存的時間變長，而女屍下葬時甚至用了一棺兩槨，棺與槨之間，槨與土壤之間都有一種白膏泥充填，形成六層完整的封閉。」

「白膏泥充填物？」我直覺這東西有問題。

「這些填充物就是關鍵。」二伯父沉聲道：「她的屍體之所以保持水嫩不腐敗，全靠了這層物質。」

「成分呢？」我忙問。

「不清楚，花了六年時間，至今也沒有個結論。」他的神色有點不自然起來。

「那香屍的身分弄清楚了沒？」我又問。

「還沒。」二伯父有點黯然的搖頭，「這些還有待調查。不說這個了，給你看樣東西。」

說著他從口袋裡掏出一個手掌大小的，用黃色綢緞包起來的物品遞給我。「這是昨天我在古玩市場淘來的，應該是當時隨著香屍一起出土，然後流落民間的陪葬品。」

我接過來，掀開綢緞一看，頓時整個人都呆了。

居然是一面鏡子，銅鏡。

這面銅鏡直徑為二十七點三公分，素邊，圓鈕。內區裝飾有五隻相互追逐的瑞獸，外區裝飾有四隻鳳鳥穿梭於牡丹花間。銅鏡的外緣為十四瓣菱花紋，外飾十四朵雲氣紋。四隻鸞鳳造型各異，尾部的羽毛採用高浮雕的手法。八朵牡丹花造型各異，嫵媚妖嬈。

「看做工，並不像是清朝。」我用手輕輕地撫在鏡子上，遲疑地問。

「不錯。這面鏡子在學術上稱為鳳凰牡丹鏡。」二伯父點頭，「要知道銅鏡以戰國、兩漢和唐代最為著名。古銅鏡背面的花紋非常豐富多彩。戰國、兩漢為鼎盛時期，唐代更加繁盛。諸如戰國的山字紋鏡、漢代的神獸鏡，以及唐代的海獸葡萄鏡，都是富有時代感的典型代表作。

「它鑄造精緻，形態多姿多彩，紋飾華麗，銘文豐富。到了元代，多採用六菱花形或者是六葵花形式，但是紋飾已經漸漸粗略簡陋。元鏡紋飾有淺浮雕和浮雕兩種，那時的銅鏡有纏枝牡丹紋鏡、神仙鏡、人物故事鏡、雙龍鏡、壽山福海銘文鏡，素鏡，以及至元四年龍紋鏡等等。」

我又仔細看了看，「我覺得這面鏡子應該製作於元代。」

二伯父豎起了大拇指，「好眼力，你小子不學考古簡直就是浪費人才。這面正是元代的鳳凰牡丹紋鏡，鏡內區有五隻瑞獸，這五隻瑞獸是從隋唐以後就開始形成的紋飾。

「而鳳凰紋也是從隋唐便有的，但牡丹紋直到元代才開始逐漸形成。這鏡子上的紋飾非常好，有一種創新的精神，包括它這個高浮雕、牡丹的寫實性都是非常的珍貴。要知道在整個銅鏡的歷史上，元代的銅鏡存世量非常少，而大且精的更少，可以說這東西非常珍貴。要拿到收藏界，至少也值一百萬美金。」

我皺了皺眉頭，「你確定是和那具香屍一起出土的？」

「那個賣鏡子的老大爺提起過。而且，我在鏡子上找到了一些白膏泥充填物殘留，和香屍棺材裡的一模一樣。」

「那就奇怪了，清朝的棺木中為什麼會放元代的鏡子？」我困擾地撓了撓鼻子。

林芷顏奇怪地看了我一眼，「不是很簡單的事嗎。既然她生前是個美女，那她就一定愛照鏡子。既然愛照鏡子，那這面鳳凰牡丹鏡就有可能是她最愛的東西。和自己最愛的東西一起下葬，沒有什麼好奇怪的，顯而易見的事，關陪葬品的年代什麼事！」

也對，最近冒出了一大堆怪異事件，所有東西都糾纏起來，腦子明顯不太夠用，開始鑽牛角尖了。

不過，鏡子，又是鏡子，似乎所有死者身上都能牽扯到鏡子這樣物品。

女屍最愛的元代古鏡，錢晴臨死拚命拽住的鏡子，左婷生命最後一刻瘋了般想要扔出去的鏡子。對，還有夏蕭蕭，猛然想起，她變得歇斯底里，自殘後傷人前正開心地照著鏡子。而自己偏偏又在左婷的化妝鏡裡看到一個黑影竄入她的身體裡。

難道鏡子，就是這一切事件背後的關聯？那鏡子裡的黑影又是怎麼回事？如果確實不是我眼花的話，那這黑影的問題就變得很棘手了。

至少要搞清楚，究竟，鏡子是不是關鍵才行。我托著下巴出神，突然想起舒曉若在保健室裡對我說的話。她說夏蕭蕭和自己約好放學後一起玩遊戲，什麼遊戲要放學後玩？而且要兩個人？就我所知，鏡仙遊戲裡並沒有需要兩人的。

有問題，看來應該好好問問她了！

就在我思忖得正起勁時，林芷顏用力地拉了拉我的衣服，指著不遠處的沙坑道：

「小夜，你看那個人，看起來有點奇怪。」

我抬頭望去，果然看到有個女生正蹲在沙坑裡，背對著我們。她的肩膀有節奏的聳動，像是在哭，又像是在挖什麼東西。

「是個怪人，我們慢慢走過去看看。」我拉了拉二伯父緩緩向前走。近了，這才看清楚那女生的狀況。她穿著高二的校服，正在一把一把地挖著沙子。

「你去問問情況。」我推了二伯父一把。既然這老傢伙冒充了學校老師，乾脆順便盡一點義務。

「這位同學，妳……」他走過去拍了拍女生的肩膀，話還沒有說完，就像看到什麼恐怖的事，驚駭地猛然向後退了幾步，一屁股跌在地上。他嚇得不輕，身體都在打顫，老臉抽搐，還一個勁地指著她，震驚得合不攏嘴。

我也感覺不對勁了，幾步走上前，一時間也嚇得全身僵硬。

只見那名高二女生面容早已模糊一片，血從鼻子、眼睛和耳朵中不斷流出，將地上的沙子染成一種說不出的顏色。更可怕的是，受了這麼嚴重的傷，她居然彷彿根本感覺不到一樣，她似乎還在笑，笑得非常燦爛，雙手不停地動著，從沙坑裡挖出沙子，不斷地朝嘴裡塞。彷彿在吃什麼極為美味的東西，塞進去的沙子，她嘴裡細細咀嚼品味後，才戀戀不捨地嚥了下去。

「究竟怎麼回事？這個女孩子怎麼了！」二伯父嚇得語氣結結巴巴的，好不容易才緩過氣來。

「我早就說過，這間學校不太安全。」我也鎮定下來，用眼神示意林芷顏阻止她。

這老女人看到女孩的慘狀和詭異行為，居然絲毫沒有害怕的神色，彷彿還覺得很有趣。她慢吞吞地走上去，然後用力摟住女孩，硬生生將她從沙堆裡抱起來。

女孩受到外力影響，不斷拚命地掙扎。

「這女孩好大的力氣！」林芷顏略微有點驚訝，她低喝一聲，將女孩的手扭到身後，再將她死死地壓在地上。

看她將女孩牢牢制住後，我才長舒了一口氣。無意識地望了手中的古鏡一眼，頓時有股寒意從腳底猛地冒上頭頂，只感覺全身的寒毛都豎了起來。

古鏡，鏡面剛好斜斜地對著地上的女孩，從鏡子裡我居然看到那女孩的身上縈繞著一圈漆黑的影子，黑得如墨一般，就快要將她的身影全部掩蓋住了。

「二伯父，你快看鏡子！」我清醒過來，立刻將鏡子湊到二伯父的眼皮底下。

這位老人家驚魂未定，正在壓驚，聽到我叫得慌忙，小心地朝鏡子裡看去。看了好一會，才愣愣地問：「……你想叫我看什麼？」

「影子，那女孩身上有一圈黑色的影子，像是黑洞一樣正在瘋狂地侵蝕她！」我氣惱地大喊著，「你沒看到？」

二伯父又看了幾眼，然後搖頭。「沒看到。那女孩好好地在地上，身上什麼都沒有，乾乾淨淨的。」

怎麼會這樣？難道只有我一個人能看到？我大惑不解。自己最近並沒有做什麼特別的事情，沒理由啊！不死心，我又將鏡子湊到了林芷顏的眼睛下，她看了看也搖頭。

我疑惑地看向鏡子，確確實實的，女孩身上的黑影還在，而且侵入的地方越來越多。她的整個身體就如同海綿吸水一般，將黑影緩緩地全部吸了進去。

終於，黑色的影子消失在她的身體上。

就在這時，林芷顏驚訝地說道：「有點不對勁，這個女孩在發抖！」

「發抖？」我有種不祥的預感，立刻掏出電話。「妳穩住她，我馬上叫警察和救護車來。」

電話還沒打完，林芷顏已經從地上站了起來，她的臉色有點蒼白，搖搖頭淡淡道：

「已經晚了，她沒氣了。」

# 第七章 約會

最近和警局很有緣分，裡邊的幾個人幾乎都要認識我們了。又一次錄完口供從警局出來，雖然洗刷了嫌疑，但負責這起案件的警察還是指著我們的鼻子，善意提醒我們最近要配合調查，不要隨意離開這個鬼地方。

二伯父跟著我們回到租屋，開了瓶酒仰頭就喝了一大口。深呼吸幾回，這才窩火地道：「究竟是什麼玩意兒，怎麼好好一個人，完全沒徵兆地就死掉了？」

「我也不明白。」我苦笑著，和林芷顏交換了一個眼神。她跟著我走進臥室，我關上門，低聲問：「那女孩的死因妳查到了沒？」

她掏出手機看了看，「還在等消息。」

「妳覺得，她的猝死會不會和前幾個女孩一樣？」

「很有可能。我壓在她身上，所以感覺特別明顯。她的死法雖然很古怪，但和兩方面脫不了關係，一是大腦，二是心臟。」林芷顏說完，簡訊就來了。

「警方確認了，那女孩死於心臟破裂，和夏蕭蕭等人完全一樣。」她看完簡訊後，臉色激動起來。「這實在是太有趣了。」

我瞪了她一眼，這女人，果然有夠不正常。不過，她們的死亡方式都一樣，或許可以大膽地判斷，她們生前必然有所關聯，又或者幹過相同的事。雖然不知道錢晴以及左婷怎麼樣，但在夏蕭蕭和那女孩死亡前，我都在鏡子裡看到一個黑色影子，既然連續看到了兩次，而且每次確實都發生了事情，那就意味著，自己看到的並不全是幻影。

我相信自己沒有特異功能，但為什麼偏偏只有自己看到，二伯父和林芷顏都看不見呢？我難道在無意識中，比他們多做了某些事情，以至於觸發了看見黑影的能力？

用力擺了擺頭，這件事，自己始終沒有頭緒，乾脆不想了。

走出房間，二伯父依然在喝酒。他看了我和林芷顏一眼，然後指著對面的沙發道：「請坐。」

「幹嘛那麼客氣？」我愣了愣，然後聽話地坐下。

這位長輩，一旦對你客氣起來就要當心了，說明他心情非常不好，會亂遷怒人。

「給你們講個故事。」沒等我們同意，他已經開口了。「從前有個老人在河邊釣魚，一個小孩走過去看他釣魚，老人技巧純熟，所以沒多久就釣了滿簍的魚。老人見小孩可愛，要把整簍的魚送給他，小孩卻搖搖頭，老人驚異地問道：『你為何不要？』小孩回答：『我想要你手中的釣竿。』老人問：『你要釣竿做什麼？』小孩說：『這簍魚沒多久就吃完了，要是我有釣竿，我就可以自己釣，一輩子也吃不完。』」

「好聰明的小孩。」林芷顏的眼神裡劃過一絲狡猾的笑，然後造作地驚嘆道。

「沒錯，一般人都會像妳那樣，覺得那小孩聰明，其實不然。」二伯父用力擺擺頭。

「錯了，他如果只要釣竿，那他一條魚也吃不到，因為，他不懂釣魚的技巧，光有魚竿是沒用的，因為釣魚重要的不在釣竿，而在釣技。

「有太多人認為自己擁有了人生道上的釣竿，再也無懼於路上的風雨，如此，難免會跌倒在泥濘地上。就如小孩看老人，以為只要有釣竿就有吃不完的魚，也像職員看老闆，以為只要坐在辦公室，就有滾滾財源。其實都錯了，大錯特錯，這個世界每一件事，都是需要專業人士來處理。」

我瞇著眼睛「哦」了一聲，「您老的意思，是覺得我把什麼事情搞砸了？」

「還不至於。不過人與人之間，還是坦誠一點好。」二伯父眼神絲毫不退讓地瞪著我。

「你覺得我有事情瞞著你？」我反問。

「相信你自己很清楚。」

我哼了一聲，「彼此彼此，你以為我不知道你也有事情瞞著我。」

二伯父呆住了，臉部抽搐，許久才慌慌張張地道：「怎、怎麼可能！」

這位老人家，研究考古腦袋都變秀逗了，謊話都說不圓潤，一緊張什麼都暴露了出來。

「別以為我不知道，如果你真是偷偷跑出來的，進警察局，掏證件時怎麼會一副毫不猶豫的樣子，完全不在乎別人知道你的身分？您老人家的調查恐怕並不算完全的個人行為吧。」我敲著桌子大聲道：「給我說清楚，究竟有什麼瞞著我們！」

「真、真的沒有！」他冷汗都冒了出來，打著哈哈岔開話題。「不早了，我回去了。免得房東擔心！」說完就迫不及待地兩腿一蹬，開溜了。

等他走得完全看不到身影，我和林芷顏對視，捧著肚子同時哈哈大笑起來。

「你伯父好有趣。」她笑得肩膀都在抽搐，「俊飛以前老是告訴我，說你本質是個魔鬼。我還不信。臭小子，你的三角尾巴和翅膀藏在哪裡，露出來給姐姐看看。」

居然說我是魔鬼，在我看來，眼前的老女人比我更像魔鬼才對。

「你伯父似乎對那所學校裡發生的事開始有所察覺了。」林芷顏又說：「看樣子，他確實也是有事情隱瞞我們。你不會已經猜出來了吧？」

我瞥了她一眼，慢吞吞地道：「我也給妳講個故事吧。」

「哦，你也想打啞謎？」她笑。

「聽了就知道了。」我也淡淡地笑起來，「從前有一隻小豬、一隻綿羊，和一頭乳牛被關在同一個畜欄裡。

「有次，牧人捉住小豬，於是牠大聲號叫，猛烈地抗拒。綿羊和乳牛討厭牠的號叫聲，便大大咧咧地說：『他也常常抓我們，但我們並不會大呼小叫，都不知道你在叫什麼。』小豬聽了回答道：『抓你們和抓我完全是兩回事，他抓你們，只是要你們的毛和乳汁，但是抓住我，卻會要我的命！』」

我從桌上拿起二伯父喝剩的酒一飲而盡。

「立場不同、所處環境不同的人，很難了解對方的感受。因此對別人的失意、挫折、傷痛，不宜幸災樂禍，而應要有關懷、了解的心情。

「別人刻意隱瞞的事，有時候並不是想害你，往往他們瞞住你反而是為了保護你。所以，最好不要深究。他到了應該說的時候，自然會告訴我，而我，等事情告一個段落，也會原原本本地告訴他。」

「真是個體貼的好侄子，我以前怎麼就沒看出來。」林芷顏笑得很諷刺，「不想告訴我就算了，幹嘛拐彎抹角的，沒關係，我也猜出了一些。」

「知道歸知道，自己心裡明白就好了。」我無所謂地道：「總之學校基本上也癱瘓了，去不去都沒有人管，我下午去調查一點事情。妳呢？」

「你管我，我沒理由向你彙報行蹤吧。」她哼了一聲便打開門走了出去。

我微微一笑，掏出手機打電話給舒曉若。

「舒曉若同學嗎？我，夜不語……有沒有興趣陪我逃課？下午兩點半，我們在ITANT咖啡廳見面好嗎……

「沒關係，其實偶爾逃個課，說起來也是很有趣的。要知道，當妳大學畢業走進社會後，偶爾開同學會，所有人都在大談自己從前逃課的趣事，妳居然連這種經歷都沒有，不覺得浪費了大好的青春嗎？相信我，絕對沒錯的……」

放下電話，突然發現，自己確實有點像魔鬼了。

※　※　※

所謂的鏡子，要從中國奴隸制社會初期的青銅器時代說起，那時候的人們在長期的青銅冶鑄製作中，認識了合金成分、性能和用途之間的關係，並能人工的控制製作銅鏡用的金屬配比。

但在中國傳統裡卻說，鏡是不祥之物，遊魂野鬼都會藏在鏡中，據說打破鏡會衰三年！所以舊式髮型屋在收鋪時，都會用毛巾將所有鏡子蓋住，以免遊魂野鬼潛入鏡中。

學校裡死去的女生都和鏡子有關係，會不會意味著，確實是鏡子本身出了問題？女生一向都是屬於慢一拍的生物，不論是在行動上，還是行為上，甚至不管多內向的女生，彷彿都天生就懂遲到的觀念，不把準時這個詞語看在眼裡。

和舒曉若約了兩點半在ITANT見，但她居然直到三點才姍姍來遲，然後滿臉通紅，一個勁兒地說對不起。

我抬頭看了她一眼，便釋然了。難怪會這麼晚，這女孩居然精心打扮過，害我差點就沒認出來。

她穿著素白的吊帶連衣短裙，腰上搭配黃色腰帶，頭髮清爽地紮了起來，原本便秀氣得讓人受不了的臉孔更加秀氣了，坐在她對面都覺得一股強烈的婉約溫柔之氣襲來。原本就漂亮的女生稍微一打扮，果然殺傷力驚人。

「我、我媽媽非要我穿成這樣。遲到了，真的很對不起。」她抱羞地說。

「啊，妳媽知道妳要逃課，還為妳精心打扮了一番？」我詫異。

「夜不語同學打電話來的時候，她正好在我身邊。」她的臉羞紅得幾乎要滴出水來。

「於是？」我更詫異。這究竟是什麼母親，知道女兒要逃課，居然還興奮得幫她打扮。

「這、這是人家第一次有人約……」她抬起頭小心翼翼地看了我一眼，然後又飛快地低了下去。

無語，完全被誤會了，原本只是想問她一點情況。現在扣上約會的名目，反而不知道該怎麼開口。一不小心可能就會傷害到這個內向的女孩子。

「真的很高興你能約我。從來就沒有人約我，除了蕭蕭。」她的神色有點黯然，「夜不語同學，你說她怎麼會變成那樣？突然就瘋了一般，也不認識我，彷彿恨不得殺了我！」

「我也不太清楚。不過，她的家族或許有精神病歷史吧。」我胡編亂造地安慰她，「一般有精神病史的家族，兒女都會有潛在的精神病，一經觸發便爆發出來。夏蕭蕭應該是個有潛在暴力傾向的精神病患者，這樣的患者就像一顆不定時炸彈，不知何時、不知何地會突然在妳身邊爆發，會帶給人們恐慌和痛苦。有無數家庭因此處在絕望的破碎狀態。」

「但蕭蕭的父母都很正常。」她偏過頭想了想。

「所以說是潛在的，平常很難看出來。」

舒曉若不自然地埋頭猛喝杯子裡的飲料，「謝謝。嘻，夜不語同學一點都看不出內向的樣子，不像我，完全不知道該怎麼和人交流。」

上帝，怎麼她還是一副覺得我是同類的表情，我就真長了一副內向的臉孔嗎？我笑了笑，「曉若同學不是和我交流得很順暢嗎？」

她呆了，低頭想了想，許久才睜大漂亮的眼睛道：「真的嗎？我有嗎？」

「當然有。其實妳不是內向，而是缺乏自信。」我笑笑地說：「妳看，妳真的很美，大美女。」

說著我伸出手將她紮好的頭髮扯開，漆黑如瀑布般的長髮立刻傾洩下來，秀氣得令人窒息，然後用手托著下巴一眨不眨地欣賞，嘴角帶笑的讚嘆。「確實很美。」

舒曉若緊張得全身僵硬，手腳都不知道該放在哪裡好。她的肩膀有點顫抖，聲音也在哆嗦。「但從來就沒有人理過我。」

「廢話，妳一臉冰美人的表情，萬年不化的，想走過來的人還沒靠近就已經被凍成冰了，誰還敢來？」我擺擺手，「要不，橫豎逃課約會，我來好好鍛鍊鍛鍊妳。」

越來越沒有辦法回到主題了，算了，只要在一起混時間，總會問到的。我將錢放在桌子上，一把拉住她的手腕就朝外跑。

「要、要幹嘛？」她同手同腳地被我拉著跑，結結巴巴地問。

「既然是約會，當然要有約會的樣子。第一站，看電影！」我大笑。

一男一女，孤男寡女的搭配，當然看恐怖片才是王道。

剛好電影院在上映一部叫《鏡仙》的懸疑恐怖大片，看完出來，舒曉若手腳都嚇軟了。

「繼續，下一站，遊樂園。」

鬼屋，遊樂園孤男寡女的搭配，當然鬼屋才是王道。出來，她的手腳又軟了一次。不知道她的心情如何，總之我的興致是玩了上來。

果然，翻滾列車和激流勇進也是約會的王道。

整個下午就是我拉扯著她玩一些自以為可以治療內向的刺激性遊戲。女孩一言不發，沒有贊成也沒有反對，不管有多怕，只要我說玩，就一邊臉色恐懼，一邊跟著我坐了上去。

晚餐來了點豐盛的，丁骨牛排，配上奶油濃湯和馬鈴薯泥，筋疲力盡時吃，實在是美味啊。

舒曉若悶不吭聲，吃得差不多了，才猶豫地抬起頭。「請、請問，夜不語同學和林芷顏同學是什麼關係？」

我埋頭猛吃，頭也沒抬地回答了來這所學校前就設定好的台詞。「鄰居，從小就是鄰居。」

「傳聞你們同居了。」

奶油濃湯全噴了出來，我鬱悶地問：「哪些混蛋傳的？」

「班上。」她被我看得臉又紅了起來。

「胡扯。我們的父母一起回國，在同一家公司上班，圖個方便，所以房子也一起租。我和那不良女青年根本就沒任何關係！」我義正詞嚴道。

舒曉若輕輕拍了拍胸口，像是長長舒了口氣，然後臉紅紅地遞了一張衛生紙給我。「嘴巴。」她羞紅著臉，可愛地在自己的嘴邊比劃了幾下。

「說起來，據說學校裡流傳一種古怪的遊戲。妳知道嗎？」是時候了，氣氛剛剛好，我不動聲色的攪著馬鈴薯泥問。

「啊，那個遊戲，蕭蕭有跟我提過，我們還約好昨晚一起玩的。」她確實知道，又想起自己的好朋友，神色蕭索。

「是個怎麼樣的遊戲？」我盯著她。

「就是一般的召喚鏡仙。」

「喔，說來聽聽。我剛從國外回來，對這些東方靈異的東西很感興趣。」我笑咪咪地道。

「很普通的遊戲。」她見我很有興趣便結結巴巴地解釋起來，「就是一到兩個人，在深夜一點十一分的時候，到學校新宿舍的一零一室。要帶著自己常用的臉盆，然後打滿一盆子的水，將水端在兩面鏡子的中央，嘴裡要叼著一把刀片，眼睛用力地看水面，然後心裡想著願望。據說如果水面開始泛起波紋時，願望就會實現。」

暈，這究竟是什麼亂七八糟的遊戲！道具太多，操作複雜，而且明顯對以前流傳下來的幾個召鬼遊戲進行了篡改。用盆子，在嘴裡叼刀片源自日本，兩面鏡子的魔鬼召喚也來自日本，兩個雖然都屬於鏡仙遊戲，但卻八竿子都打不在一起，是誰那麼無聊編造出來的？更無聊的是，居然還有人真的信。雜交出來的遊戲會有效果才怪，看來這遊戲完全能夠排除掉！

舒曉若做出一副欲言又止的表情。

「怎麼？有什麼就說出來，不要憋在心裡。」我看了她一眼。

「不知道該不該說。」她微微蹙了下眉頭，「學校裡有傳聞說，最近死掉的女孩子，都是因為玩過那個遊戲。她們的願望實現了，命也被鏡仙拿去了。」

「還有這種說法？」我有些詫異。

「別的女孩我不知道。」舒曉若回憶著，「但蕭蕭，蕭蕭也玩過那個遊戲。」

「那她許了什麼願？」

「中頭彩。」

「這個願望實在也太霸氣了。」我搖頭笑著，這種願望也能實現的話，這召鬼遊戲的能力也太強了吧。「那她的願望實現了沒有?」

舒曉若的臉色微微一變,沉重地點點頭。「實現了。」

「什麼!」我驚訝得差點從位子上站起來,「真的實現了?」

「嗯。」她確定地點頭,「她滿臉驚喜,拉著我一起去對號碼。我們遠遠地在投注站門口一個一個號碼地對,她真的中了頭獎,所以她才約我一起再玩一次。她說要鏡仙實現我的願望,讓我大膽一點。」

我好不容易才冷靜下來,「什麼時候的事?」

「大概四天前。」舒曉若疑惑地問:「夜不語同學好像對這件事很關心?」

「當然,居然連彩票都能讓人中的遊戲,有些讓人手癢,想玩一玩了!」我打著哈哈。

舒曉若頓時嚇得臉色蒼白,「不要!」

她的聲音很大,引得所有人都望了過來。女孩害羞地低著頭,圓圓的大眼睛睫毛撲閃撲閃的,好半天才憋出一句話。「不要。我不想你和蕭蕭一樣。」

「傻女孩。」我伸出手在她頭頂上摸了摸,髮質柔軟,手感不是一般的好,真是個會讓人不由自主關心的好女孩,這樣的女孩子在社會上已經不多了。

「這個世界上原本就有許多危險,走在路上、坐車、搭乘飛機,都有可能發生意外喪命。所以夏蕭蕭的生命並不是被什麼鏡仙奪去的。世上哪有什麼神神鬼鬼的東西，都是人編造出來的。她的死或許是意外，也或許是精神病發，總之，不是鬼神造成的。」

「那學校裡發生的事情，還有其他死去的女孩也是意外嗎？」她小聲問。

「肯定是意外。」我望向窗外，「不早了，我送妳回家。晚了父母會擔心妳。」

「嗯。」她點點頭，小心地瞥了我一眼。「謝謝。」

「不用謝。」我在她肩膀上抓住一縷被風吹散的光滑長髮，輕輕地幫她理回去。

「其實，該說謝的應該是我。好幾年了，真的，已經好幾年沒玩得這麼開心過。謝了……」

夜風很涼，完全不像初夏的感覺。突然發現，自己像是又回到了高中時代，那些無憂無慮的日子真的很幸福。長大了，肩膀上的壓力也就大了。現在的自己，已經不會笑了。

# 第八章 集體自殺

人生其實就是一個學習為所失去的感恩、接納失去的事實，不管人生得與失的過程。不論遭遇有多糟糕，也要讓自己的生命充滿了亮麗與光彩，不為過去掉淚，努力活出自己的生命。

可是，人類卻總是忘記這一點。

或許是因為慣性懶惰的原因，人類總是喜歡尋找捷徑。於是剛出社會無法適應的年輕人開始一次一次的碰壁，碰得頭破血流，甚至為了找個捷徑，絲毫不管自己和家裡的經濟狀況，瘋狂的自我投資，整容，買高檔的衣物去參加面試，然後一次又一次的上當受騙。

世上召喚神靈的遊戲，不光是新奇刺激，最吸引人的，還是遊戲裡附帶的捷徑。遊戲的傳播者會描述這個遊戲將帶給你的便捷。考試滿分、資優生，財富、名氣，似乎可以讓你擁有一切，但捷徑這種東西，通常布滿荊棘，並不會一帆風順，畢竟捷徑的代名詞，就是危險。

世上沒有平白無故就能得到的東西，一切都是公平的，得到一些就一定會失去一些。老天很公平，要得到，就要付出代價。

回到租屋處時，已經晚上九點了。林芷顏正躺在沙發上津津有味地看電視，似乎剛洗過澡，穿著一身薄薄的粉紅睡衣，姿勢十分曖昧。

「喲，今天約會得怎麼樣？」她頭也不抬地問。

「妳跟蹤我？」我瞪了她一眼。

「你這個小毛頭還需要跟蹤。」她不屑地道：「說話聲音那麼大，我又還沒出門，聽得一清二楚的。嘻，眼光不錯，舒曉若這個女生純潔得很，八成從小和男生連手都沒牽過，便宜你這小子了！」

「不要把世上的男人都想得一樣齷齪。」我哼了一聲，「我只是去問她點東西。」

「男人本來就一樣齷齪，全是些用下半身思考的動物。」林芷顏諷刺道：「真以為我會相信你們這些男人？有什麼東西需要問一下午的，還看了電影，去了遊樂場，吃了大餐？」

「還說妳沒有跟蹤我！」我惱怒地道，頓時覺得渾身不舒服。仔細想一想，不管幹什麼都有某人的眼睛盯著，光想就受不了。

「呿，你以為我很閒啊。我也在調查，只不過碰巧調查的地方在電影院、遊樂場還有西餐廳，碰巧看到了你。我可是個大忙人。」她滿不在乎地悠然道。

居然有人能無恥到這種地步，實在有點無敵了！我無奈地搖搖頭，「算了，就當是巧遇好了。」

既然跟蹤都已經被跟蹤了，和這惡俗老女人發脾氣也只會自討苦吃，還是忍住好。我指著她又道：「請注意一下形象，暫且不論性格，怎麼說妳最近扮演的也是普通高中女生，請淑女一點！」

「我還不夠淑女嗎？」她白皙的修長雙腿故意撩動幾下。

「再怎麼說，這個房間裡還有位紳士住著。妳穿成這樣，發生了什麼事情可不要怪我。」我恐嚇。

林芷顏緩緩抬起頭，一眨不眨地盯著我，許久，才將身旁的包包扔過來。「裡邊有保險套，如果真發生了什麼不能怪你的事情的話，千萬別忘了戴上。」

我失敗了，徹底被打敗了。再次確定，這女人的實際年齡果然在三十歲以上，只有那種年齡的女人才會滿不在乎地對害羞的小男生說出這種毫無羞恥心的話。

用力擺擺頭將這些莫名其妙的東西從腦袋裡摔出去，我坐在她對面的沙發上，沉聲道：「幫我調查些事情。」

「說來聽聽，看林姐姐我感不感興趣。」她慵懶地說。

「最近學校裡有傳聞說，錢晴、左婷以及夏蕭蕭是因為玩了某種鏡仙遊戲才猝死的。幫我調查一下這種說法的真實性。」

「你幹嘛對那種莫名其妙的靈異遊戲感興趣？」她稍微抬頭。

「當然有我自己的理由。妳調查過夏蕭蕭沒有？」

「當然有。」林芷顏對自己的本職工作很有自信。

「那妳知不知道她最近中了頭獎？」我問。

林芷顏回憶了一下，「不錯，她確實給了自己的老爸一張中了頭獎的彩券。她老爸怕別人知道，偷偷摸摸地去兌了獎。這件事就連他們的親戚都瞞著，你怎麼會知道？」

我眉頭緊皺，果然有中。那舒曉若說的話便是真的。難道一切真的和那種莫名其妙的鏡仙遊戲有關？用力倒在沙發上，我慢吞吞地道：「我還聽到一種說法。據說那種鏡仙遊戲可以實現人的願望，任何願望都能實現，而夏蕭蕭的願望就是，中頭獎。」

「什麼！」林芷顏神色詫異，從沙發上彈了起來，總算看到她吃驚的樣子了。「你確定？」

「夏蕭蕭是舒曉若唯一的好朋友，而夏蕭蕭可能覺得自己這位內向的朋友一定不會透露自己的秘密，所以拉了她一起去對獎。很不巧，當事人又告訴了我。」

她眼睛閃爍，似乎很有興趣。「我明天就去調查。你呢？」

「我沒有理由告訴妳我的行蹤吧，又和妳沒關係。」原原本本地將今天早晨她諷刺我的話回敬過去，隨即轉身上樓。

林芷顏氣得咬牙切齒，恨恨道：「混蛋，小氣的爛人。魔鬼！」

鬱悶，被魔鬼說成同類，實在太有面子了！

※　※　※

不知為何，昨晚根本沒睡著。午夜翻身起來，將找到的兩面鏡子翻來覆去地看，但這次什麼也沒看到。沒有出現黑影，也沒有出現其他任何怪異現象，完全就是兩面十分普通的化妝鏡。

第二天起床，林芷顏遞了一份報紙給我。「看，第一版。」

我拿過來一看，頓時愣住了。

本地早報頭版頭條用黑色的大字體刊登著一則篇幅很大的報導。

月齡鎮高中四名高二女生手拉手集體投水自殺　兩人死亡

本報訊　昨天月齡鎮高中五名十七歲女學生，相約走向一條三公尺深的水溝。除一人中途退卻回鎮上喊人外，其他四人手拉手集體跳水自殺，經搶救後，兩人死亡。

五月三十一日下午，一向勤快的李月，在幫媽媽做完家務後，很平靜地對媽媽及家人說，她去上學了。而李月媽媽完全沒想到，女兒這一去就再也沒能回來。

昨天，記者來到李月的家，看到其母親和奶奶正坐在地上，眼睛都哭腫了。李月的父親李發告訴記者，出事當天，他正在外面，聽說女兒跳水自殺，他根本不敢相信。

李發說，當天他聽到消息後，一口氣跑到離鎮上一公里外的西溝，看到岸上兩個女孩王雪、王冰渾身是水。兩名女孩告訴他，她們和李月、楊麗等五名女孩一起從學校出來集體跳水，除楊麗中途回去喊人，李月和另一個女孩都沉在這個水溝裡。李發遂潛到水底救人，但一直沒有找到女兒和另一個女孩。

跳水前，其中一女孩因害怕中途退出。

「快到西溝了，我突然感到害怕。」昨天，中途放棄自殺的楊麗告訴記者，她當時也勸其他四人不要去死，可是她們不聽，仍然向西溝走去。

這個溝離她們所在的鎮上有一公里，她們也知道這裡水很深。眼看勸不了她們，楊麗就跑回鎮上喊人。誰知道，後來她們四人還是跳下去了。

楊麗說，她們五人是說好一起去死的。當天下午上課前，她們五人喝了半斤白酒和兩瓶啤酒，由於她們都沒喝過酒，當上第一節課時，就有人暈了，還在教室內嘔吐，當時老師也沒有說什麼。放學後，她們五人就一起向西溝走，說要去一起死。楊麗說，可能她喝得少些，酒醒了一點，後悔了，於是中途退出來，回鎮上喊人。

事發後，有兩名女孩僥倖上岸。

「我們到溝邊後，我看到水那麼深，也不想死了。」跳水後，又被同伴救上岸的王雪昨天告訴記者。

楊麗走後，她們四人很快就來到溝邊，這時她也不想死了，就勸她們三人，但她們根本不聽，依然堅持要一起跳水自殺。最後，她跪在地上求她們三人，還是不行。後來，她也迷迷糊糊願意跳了，於是，她們四人手拉手一起跳了下去。

「可能是喝飽了水，加上我穿的是發泡橡膠鞋，很快就浮了起來。」王雪說。這時，她好像聽到有人喊她，讓她攥住一根麥草。後來，麥草斷了，有人伸手將她拉了上來。上岸後，她才知道救她的是王冰。

王冰對記者說，她們跳下去以後，她也感到害怕，就拚命地扒水，後來終於扒到岸邊，看到王雪也浮起來，就遞了根麥草給王雪，將她往岸邊拉，終於將她拉上岸。

事發後，三十幾個鎮民下水救人。

「當時聽到有人喊鎮上有幾個小孩跳水了，我就立即向溝邊跑過去。」昨天，參與救人的鎮民王世禮告訴記者，這溝很深，至少有三公尺。昨天，記者來到事發現場，這是一個寬十幾公尺、長幾十公尺的水坑，就在月齡高速公路旁，由於這個水坑在鎮子的西邊，當地人就叫它西溝。西溝看上去很深，四周溝岸都很陡，幾乎成九十度。記者在現場還看到女孩們跳水後丟在岸上的筆和本子。

王世禮說，他來到現場後，不一會兒，鎮上又來了上百人，他們三十幾個男子都下去打撈。下午六點左右，他們撈上來一個女孩。十分鐘後，又撈上來一個。他們對兩個女孩做人工呼吸，但沒有效果。後來，醫生來到現場，檢查後說不行了。

當地警方已介入調查。

昨天，記者來到月齡鎮高中，看到學校外面站滿了圍觀群眾。記者試圖採訪該校老師和校長，但一直沒有找到他們。

在月齡鎮警局，警察告訴記者，五月三十一日，他們接到報案，有四個女孩跳河，兩個沒救上來，後來死了。接到報案後，鎮長及派出所負責人等都到了現場，並立即進行調查。目前，女孩跳水自殺的具體原因還在調查中。

昨天，月齡鎮宣傳部負責人告訴記者，事故發生後，政府高度重視，並立即召集教育、警察等部門開會，成立調查小組對事故展開調查，同時，要求各學校全面做好學生安全教育工作。

昨天居然發生了這麼嚴重的事情我都不知道！看來逃課果然是一種弊端。抬起頭，我問道：「妳怎麼看？」

「總之那所高中已經發生夠多怪異的事情了，再添一個集體自殺也不算什麼。」林芷顏懶洋洋地靠在沙發上。

「下午妳動用關係，讓我能去探望楊麗，幾分鐘就好。我想問她點東西。」我想了想又道：「楊麗在集體自殺的最後關頭退縮了，還算好，沒有受傷，按照東方家庭的習性，應該會被關在家裡閉門思過幾天。」

「沒問題，我們一起去。如果真的和鏡仙遊戲有關，這件事就更有趣了。」林芷顏笑嘻嘻地掏出電話撥打起來。沒良心的老女人，心也實在太狠毒了吧。

按時去了學校，發現教室裡居然空蕩蕩的，沒幾個人來。看來學校也即將被最近的一連串事情折騰到快崩潰的邊緣了。想來校長正焦頭爛額地為下一屆的入學率發愁。不過，不干我的事。

舒曉若也是少數到校生的其中一人，她在偷偷看我，見我的視線移過去，立刻側過頭，做出一副認真看書的表情。果然是個可愛單純到世間少有的女孩子。我又將椅子抬了過去，「昨天回去的有些晚，家裡人在擔心吧？有沒有挨罵？」

「沒，沒。媽媽很高興。」她連忙搖頭。

這究竟是什麼母親，女兒逃課高興，女兒回家晚也高興，究竟是怎樣的父母啊？

「妳爸呢？」

「我爸爸很早以前就不在了，車禍。」她的神色有點黯然。

「對不起。」難怪她從來沒提過自己的父親。

「沒關係。」她笑著搖頭，「都習慣了。其實沒有爸爸也沒什麼，媽媽很好的。」

「是嗎，看來妳有一個好媽媽。」我也笑，「那個鏡仙遊戲，妳玩過嗎？」

「還沒有。本來和蕭蕭約好的，可是……」

說起來這女孩也真夠不幸，沒了父親，現在又沒了唯一的朋友，本人還內向。但她害羞的臉孔下卻有一副堅強的性格，至少，她沒有被這些事情打倒。

我微微地用手指點了點桌面，「那，如果鏡仙遊戲真的能實現妳的願望，妳想要許什麼願？」

「蕭蕭本來是想我變得大膽一點，但我更希望媽媽幸福。其實早就有想過。」舒曉若緩緩道：「我希望媽媽能夠再婚，找個不錯的男人。她守寡十六年了，雖然誰都看不出來，但我知道她很寂寞，每天一個人上班下班，看到別人有老公接送，別人的孩子都有父親，眼神裡就會閃過一絲很難察覺的羨慕，只要媽媽能幸福就好了。」

好偉大的想法，我有點驚訝。看不出來眼前的女孩這麼體貼。

「不過現在。」她偷偷瞥了我一眼，臉上突然莫名其妙地流露出堅定。「我又多了一個願望。」

「什麼願望？」我好奇地問。

「嘻，不告訴你。秘密。」她笑著，彷彿春天的花在一瞬間全部綻放，美得令人窒息。

第二堂課剛下課，就接到林芷顏的電話，說是一切都搞定了，要我去逢息路二十八號一趟。那裡就是楊麗家。

等我趕去時，她家只有她一個人在，林芷顏一副自己家的表情，熟門熟路地將我迎進門裡。

「我們是學生會的，記住。」她小聲在我耳邊道：「她的父母正在公司忙，下午六點之前不會回來。我藉口自己是學生會的特意來慰問她，剛和她攀上關係。現在問她什麼，應該都會回答，但一開始千萬不要太深入，雖然她最後沒有參與自殺，但打擊很大，怕會受刺激。」

「我清楚。」我點點頭，和她一起走進了楊麗的臥室。只見這女孩穿著睡衣躺在床上，臉上還有一絲劫後餘生的害怕表情。

「楊麗同學是吧，妳好，我叫夜不語，學生會的。」我原本想伸出手和她握手以表示親切，突然想起學校裡不興這一套，立刻不動聲色地將伸出一半的手又縮回來。

「對那件事，我們都覺得很遺憾。我看了報紙，還好其他兩位同學也有獲救……」

「報紙？上邊是不是寫我們神經質一般地喝了酒後集體自殺？」楊麗轉過頭來看了我一眼。

「嗯。」我點頭。

她卻笑了起來，大笑。「我就知道，媒體是這樣，警察也是這樣，總是不願意相信我們的話，都認為我們瘋了！」

「我信！」和林芷顏對視一眼，我大聲道。

「你真的信？」她臉上滑過一絲詫異，然後又不屑地道：「就算我告訴你，我們是被鏡仙追殺，是鏡仙逼我們跳下去的，你也信？」

這件事果然和學校裡的鏡仙有關。

我不動聲色地看著她，許久，才沉聲問：「妳們許了什麼願？」

楊麗難以置信地看著我，彷彿我的信任讓她難以接受，好不容易才結結巴巴地問：「你真的相信我？」

「當然。妳又沒說什麼驚天地泣鬼神的東西，我為什麼不相信妳？」我笑道：「妳、李月、王雪、王冰還有張燕，究竟許了什麼願望？」

「除了李月外，我們都沒有許願。」楊麗搖頭，「不過鏡仙的遊戲，是我們五人一起玩的。」

「那李月許了什麼願望？」我遲疑了一下，既然許願的只是李月，那為什麼會集體自殺？依照先前我對鏡仙的判斷，受害者應該只有許了願望，並實現了的當事人。

楊麗閉上眼睛，躺倒在床上，深吸一口氣才道：「她說，我們五個人要永遠在一起，永遠。」

「什麼！」我和林芷顏同時叫了出來。

事情，麻煩了！李月的這個願望將五個人都聯繫在了一起。在一起的意義有很多種，但永遠在一起的意思就很單純了。既然是永遠，那麼這五個人就成了被捆綁的整體，沒有個體的存在，只要有一個人變成另外的一種狀態，其餘的人就會相繼改變。如果，其中的一個人或者幾個人死了呢？

我的呼吸有點急促，調整了幾秒鐘才問：「當時，妳們為什麼會想到跳河？」

「沒什麼，是李月提出來的。」楊麗回憶了一下，「當她提到時，我的腦袋就開始有點模糊，不清醒，其他人大概也是。總之突然就覺得生無可戀，活著很受氣、受罪。不如死了的好，所以大家都同意了。但臨到要跳時，我突然清醒過來。然後拉著其餘的四人，希望她們回心轉意。但就在這時，我看到了一個恐怖的東西……」

楊麗突然打了個冷顫，臉上流露出深深的恐懼，怕得渾身都在發抖。「我在水面的倒影中，看到了一個黑影，一個漆黑得彷彿黑洞的黑影。」

「妳看到了黑影！」我大吃一驚，不由得從椅子上站了起來。

「是黑影。」楊麗回憶著，怕得聲音都在顫抖。「那個黑影緊緊貼在李月身上，像是想要拚命地朝裡邊擠。它的身上探出像四隻手似的東西，死死地抓住另外的三個女孩。最後一隻就在離我頭皮不遠的地方，我全身的雞皮疙瘩都冒了出來，什麼都顧不上，怕得跑回鎮上。」

從楊麗的家裡出來，我都沒說過一句話，只是默默地發呆。

林芷顏用手戳了戳我，「在想什麼？你覺得她說的故事有沒有真實性？」

「有可能是真的。」我這才被驚醒，從自己的思緒裡走出來。「還記得嗎，前幾天我說從鏡子裡看到一個黑影竄進夏蕭蕭的身體裡，還有那個蹲在沙坑吃沙的女孩也有黑影附身。當時，自己都覺得自己有問題，以為是神經緊張產生的錯覺。但現在……」

「現在有人和你看到了一樣的東西，也就意味著那東西真的存在。」林芷顏看了我一眼。

「不錯。我是從鏡子裡看到，楊麗是從水裡看到，這裡有個共同點，就是光的折射。或許那東西一定要經由倒影才能看到。」我道。

她搖了搖頭，「但上次在學校操場，我和你二伯都沒有從那面鏡子裡看到什麼黑影。」

「嗯，這就是最讓我疑惑的地方。或許，還需要某種條件，而且那個條件，是我無意識下比你們多做的。」我想了想說。

「或許吧，你比我們多做的事？除了和班上的小女生約會外，其餘的我實在記不起來。」林芷顏嘲笑著，然後又頓時正經八百地問：「你覺得，集體跳水後還活著的三個女生會不會有危險？」

「有可能。李月許下的願望是『大家永遠在一起』，如果那個鏡仙遊戲真的有那麼神奇的話，這個願望就一定會實現，只是不知道，會是用哪種方式！」

「事情果然是越來越有趣了，不虛此行，跟著過來果然值得。」林芷顏毫不淑女地大笑著，果然性格惡劣。

「我還是對那個遊戲很介意，下午我就去調查一下。妳幫我留意活下來的三個女生，看她們有沒有異常。順便查查看錢晴以及左婷有沒有玩過那個遊戲，還有，她們究竟許過什麼願望。」我撓了撓頭說。

「你想怎麼調查？」她又開始好奇了。

「很簡單，先去那個召喚鏡仙的宿舍看看。」我道：「說實話，這個鏡仙召喚的遊戲方式實在很複雜，使用到的道具也很多，特別是那兩塊必須要用到的等人高鏡子，那玩意兒根本就不可能隨身帶到學校。而且，據說那個遊戲一定要在新宿舍的一零一室玩，不知道有沒有什麼確實的意義。先從這一點上調查看看。」

「聰明，和我的想法不謀而合。」林芷顏衝我比劃著大拇指，屁顛屁顛像是非常興奮的樣子走掉了。古怪的老女人，可惜那副漂亮的皮囊了。

只是，那黑影究竟是什麼東西？難道，真的是女孩們從遊戲裡請出的鏡仙？古埃及語說，好奇會害死貓，更會害死女人，看來是對的。女孩子天生就比男孩好奇，從這件事上就能看出來。至少學校裡死掉的，都是女生。

搭計程車回學校，剛進大門，突然渾身打了個冷顫，有股惡寒莫名其妙襲來。

# 第九章　一零一室

人原本就是群居的動物，只有合作才能生存下去。只是安逸的生活，會讓人類的一部分變質。人的神經其實很敏感，也很脆弱，更怕孤獨。物質生活好了，人也就越來越感覺無聊，所以需要刺激。

又或者，什麼並沒有那麼好，想要更進一步，但又嫌麻煩，所以有人開始尋找捷徑。能夠實現願望的許多遊戲之所以能夠廣為流傳，就因為它們給一些人帶來希望。他們覺得自己找到了捷徑，所以，他們在捷徑上死去了。

因為他們忘了，走捷徑，就會附送危險。

一走進學校大門，就發現偌大的校園空蕩蕩的，一個人都沒有。警衛室門口貼了一張公告：

由於學校進行整頓，暫時停課一週，請各位同學待在家裡自習，認真複習功課。任課老師會隨時到家抽查。

有意思，學校果然撐不下去了，恐怕動了真格想將最近的事情調查一次。所有的教學大樓都用鎖緊緊地鎖住了，沒辦法進去。

不過我的重點並不在這裡，而是在操場另一端的新宿舍。說是新宿舍，那棟六層樓高的建築也不過是比較新一點而已。宿舍修建於六年多前，一直都沒有任何怪異的事情發生，所以一直沿用到現在。

中間有道厚厚的牆壁將整棟樓分開，左邊是男生宿舍，右邊是女生宿舍，井水不犯河水。樓底的第一層一直都空著，長年累月只有守樓的兩個管理員住，據說那兩人是對夫妻，五十多歲的樣子，丈夫管理男生宿舍，妻子管理女生宿舍。

不過就在一個多月前，這對夫妻突然猝死在房間裡。一直還沒請到新的管理員，宿舍的第一層就完全空了出來。

據二樓的一些學生說，一樓常常傳出古怪的聲響。有些膽子大的同學下去看，最後才發現聲音正是從一零一室傳出來的，但打開門，卻什麼都沒有找到。

而鏡仙的遊戲是從什麼時候開始在學校興起的，我沒有查到。但至於為什麼一定要在那間鼎鼎有名的一零一室玩，心裡倒是有些猜測。

每間學校，幾乎都有各自的靈異傳說，越是鬧鬼的地方，學生越是好奇。那種好奇心越氾濫，那裡的流言就越多。而靈異的遊戲，大多都是找一個容易召集鬼魂的陰濕之地玩，一來神秘，二來刺激，很吸引人。

自然而然，一零一室就成了最好的召喚鏡仙之處。

不過，這也僅僅只是我個人的猜測。

宿舍裡的學生也全部回家了，整間學校一片死寂，空蕩蕩的讓人覺得悶熱的天氣裡總有一種令人毛骨悚然的寒意。越是走進這棟新宿舍，異樣的感覺越濃烈。整棟樓明明暴露在採光良好的地方，太陽也很熾熱，但一走進它的陰影裡，就泛著冰冷。

我不由得將衣服拉緊些。

好傢伙，想來這棟樓裡的學生，夏天都不需要風扇和空調了。搞不懂這種地方的構造，既然建築在空曠的地方，又無遮無蓋的，大樹都沒有幾棵圍繞在周圍，應該比不遠處的教學樓更熱才對，但，這鬼地方居然就是如此陰冷！

很詭異！我隔著柵欄朝宿舍樓裡望了望，一樓大概有六個房間。說起來這裡的校長也是個性格古怪的傢伙，宿舍樓的編號居然一定要從右數到左。弄得女生區最右側的房間是一號房，搞得腦袋都暈了。

找個矮點的地方從柵欄上翻過去，就看到一把大鎖將一零一室緊緊鎖著。鐵鍊很粗，鎖很新，看起來是昨天才弄上去的。不過這難不倒我，掏出隨身的工具幾下就將那把大鎖套開，解下鎖鍊的那一刻，門「咯吱」一聲，自己開了。

一股陰冷潮濕的風從室內猛地撲了出來，我不由得打了個寒顫。好冰冷，冷得幾乎能讓人凍結。如果被稍微有點迷信的人遇到，估計會被說成鬼怪作祟，陰氣逼人，就連不太信鬼鬼神神的我，心裡都有點暗怕。

長吸一口氣，我緩緩地走進這間房間。

按開左邊的開關，燈沒有亮。什麼鬼地方，怎麼一副年久失修的感覺。我從口袋裡掏出準備好的手電筒，掃了下四周。

這間一零一室大概有十坪大，以寢室來說算很大了。裡邊擺放著四架兩層的鐵床，床上擺滿亂七八糟的雜物。

房間中央的位置已經被人清理出來，整理好的空間中乾乾淨淨的，擺了兩座一百八十公分高的大鏡子。鏡子相對排列著，我走到中間，就看到鏡中一層一層的映照出無數的我，彷彿身在一個深度無窮無盡的迷宮裡。

兩面鏡子的中央還放著一個臉盆，盆中盛了滿滿的水。我蹲下身體，將手探入水中。水冰冷得刺骨，不知道上一個在這裡許願的是誰，是什麼時候，不過，在這個房間裡，想來就連水都不易揮發。

兩座鏡子的周圍還繞著一圈白色的蠟燭，每支蠟燭都燃燒了大半，看來這個儀式需要的時間還不短。

我又檢查了那兩面鏡子，是學校游泳部的。或許很久沒用到，乾脆抬到這間雜物室，最後淪為遊戲的道具。

而這間房間，除了有點陰冷外，實在沒有任何特殊的地方。遊戲的道具我也看不出個所以然。道具很混雜，又是鏡子，又是盆子，又是蠟燭的，整個就是雜交出來的產物，如果就憑這種儀式便能將鬼鬼神神的召喚出來，這世上就不會有那麼多無神論者了。

搖搖頭，毫無所獲的我正準備走出去，就在手剛要碰到門把的一剎那，所有行動突然停住了，我渾身一顫，快步走到那一圈蠟燭前，拿起一根握在手裡仔細看。

奇怪，這些蠟燭很古怪。燃燒的蠟口並不是水平的，而是向著鏡子的那層內圈有向下傾斜的痕跡，燭淚也流到了內側，凝固了很大的一塊。

我皺著眉頭，又用手電筒仔細看了看四周。一零一室只有一扇很小的窗戶，剛好和門正對。因為一直空置，為了防盜，窗戶已經鎖了起來。我走上前敲了敲窗戶玻璃，很結實，沒有破碎，也沒有裂痕。窗沿上積了一層厚厚的灰塵，窗鎖也早就鏽跡斑駁，顯然有些年頭沒有打開過。

那這些蠟燭究竟又是怎麼回事？

看蠟燭口，應該是有風才會造成燭火搖爍的現象。而那種風還要持續不斷地吹，向著鏡子的方向，以常理來說，非常奇怪。畢竟蠟燭擺成圓形，究竟要怎樣才能讓風將每根蠟燭的火焰都吹向圈中鏡子的方位？

而且，每根蠟燭的燃燒程度幾乎都一樣，就連燭口的傾斜度也都是相同。這就意味著，四面八方的風的強度也要一樣，才會造成這種狀況，也就是說，風不知從什麼地方冒進來，以同樣的速度繞著房間一圈一圈地吹動。

不對，即使那樣，蠟燭的傾斜方向、角度和強度也不會一樣。只有一種情況才行，就如同蠟燭的一圈形成了像是氣球一般的性質，風就是空氣，蠟燭每一寸都受到相同的空氣壓力，所以造成所有蠟燭的燃燒度和方向相似。

但這個房間處在密封狀態，風究竟是從哪裡出來的？難道玩這個遊戲的學生沒有關門？不對，她們沒有那麼大的膽子冒著被校方發現，記大過的危險。

何況，就算沒有關門，從門外竄進來的風也不會造成那種狀況。畢竟一零一室的房間是長方形，風形不成圓形狀漩渦。

這讓人更加難以理解了！

我再次仔細地檢查了四周，房間裡實在沒有任何可疑的東西。但是蠟燭的情況究竟意味著什麼？風從四面八方以相同的時速、強度吹向蠟燭，彷彿蠟燭形成了一層阻隔，再將風力阻擋在外邊，於是燭焰便被吹得指向鏡子的方向。就似有東西強硬兇猛地想要進入被蠟燭隔開的空間裡，最後那東西恐怕進去了。

因為蠟燭的狀態說明，它們應該是在同一時間熄滅的。

難道這是鏡仙的遊戲造成的效果？通常召喚類的靈異遊戲在成功時都伴隨著怪異的現象。就像碟仙請來後，碟子會自己移動。而筆仙會黏在兩個持筆人的八根指頭中央。難道這個莫名其妙的雜交遊戲，請來的所謂鏡仙，就會造成蠟燭現在的狀況？實在搞不清楚！看來還是得試一次才知道。我一咬牙，走到門前將房門緊緊關上。再來到兩面鏡子的中央，掏出打火機，一根接著一根的將所有的蠟燭都點燃。

接著便關掉了手電筒。

那一圈蠟燭一共有二十四支，每一支都在橘紅的黯淡火焰中泛出蒼白的顏色。我的臉孔在火光中也變得慘白起來，兩面鏡子中，無數個我的虛像在做著和我一模一樣的動作，在黑暗微弱的光芒下，變得特別詭異。

我坐在鏡子中央，一動也不動，自己也不知道在等待什麼。

突然，在完全沒有風的密室裡，正對著門左數的第四根蠟燭動了動。接著，從那根蠟燭為起點，蠟燭火焰都一根接著一根的依次持續發出「劈啪」的輕微聲響，就像燒到了某種東西。

我的心臟一跳，緊張得冷汗都流了出來。難道，這裡真的有問題？不對，自己什麼都還沒做，怎麼可能會出現靈異事件！

拚命從地上站起來，火焰頓時停止了搖晃。只有一點火星墜落在地上，一跳一跳的，像是什麼在掙扎，定睛一看，居然是一隻粉蝶。嚇死哥哥我了，自己居然會被一隻粉蝶嚇成這樣，說出來還不被其他人笑死。

我用腳將粉蝶翅膀上的火焰踩滅，又坐了下來。也對，就算世界上真的有鬼，應該也是在晚上才會出現，現在可是正午，所謂陽氣最盛的時候，哪有妖魔鬼怪會在白天出來，還不怕被燒死？

看了看四周，那股自信頓時消散。如果不是還有蠟燭的光焰，房間裡早就黑得伸手不見五指了，而且還很冷，冷得不像初夏，特別是關上房門後，總有一種詭異的氣氛縈繞在四周，就像房間裡並不只我一個人。

對啊，不知從何時起，這種不止一人的感覺就在心裡慢慢清晰起來。我左看右顧，然後搖搖頭自嘲地笑起來。房間裡怎麼可能還有其他人，這麼小的地方，就算有人也都一目了然地就能看到，根本就躲藏不了。

放下心底深處的不好感覺，我又在圓圈中央坐下。不知為何，突然想起錢晴那蜷縮在儲物櫃裡的屍體。

她明顯在櫃子裡直到屍體都開始自溶了，奇怪的是，所謂自溶，是指死後的組織、器官受自身細胞所釋放的酶的作用而溶解、變軟和液化。一般用肉眼觀察，臟器變混濁，切開組織模糊不清。早自溶期細胞會腫脹，胞漿嗜酸性增強，但組織結構仍較完整。充分發展後細胞核溶解、消失，組織結構的輪廓也難分辨。

在自溶時，味道很濃烈。但為什麼直到林芷顏偶然將儲物櫃的門打破，我們才聞到呢？雖然那個櫃子確實能阻擋一些氣味，但自溶都到了那種程度，臭味也應該濃得驚人。早幾天就應該有人注意到才對。

畢竟自溶與環境溫度有關，溫度越高，自溶發生越快，反之則慢，冷藏屍體自溶更慢。而且，自溶與死亡原因有關，急速死亡如猝死、窒息、電擊死等自溶較快，而慢性消耗性疾病自溶較慢。

另外，自溶與各臟器組織有關，一般情況下，胃腸黏膜和胰腺自溶最早，然後是腦、脾、肺、肝、腎、心等，皮膚與結締組織自溶較慢。在同一器官內，各種組織和細胞的自溶速度且不一致，一般實質細胞較間質自溶早。

從這裡一想便有問題了。錢晴的屍體，雖然自溶嚴重，但回憶起來，只有正面臉部和腹部比較嚴重，再大膽推測一下，如果在櫃子門沒破壞時，屍體還很新鮮呢？櫃門一破，和外界的空氣或者某種因素有了接觸，屍體便開始快速腐爛自溶？

櫃子裡並不是完全密封的狀態，氣味肯定能傳出來，而空氣也一定會透進去。能被櫃子隔絕的因素又會有哪些呢？

猛地身體一顫。陽光！記得那天的陽光還不錯，早晨的光線剛好照射在櫃子上。

但林芷顏將櫃子門碰開一角時，陽光便順著縫隙透了進去。屍體接觸到陽光開始迅速腐爛，然後猛烈的臭氣便傳了出來。

但這樣一來，又是什麼原因讓屍體避開空氣和細菌的腐蝕，讓她的屍身維持不腐呢？腦子像是繞進了一座迷宮裡，越想越糊塗，快要走不出來了！我用力地咬了咬嘴唇，咬得嘴皮都破了一點，有滴血順著嘴邊流下，落入了盆子裡。

突然，我的身體一寒。似乎周圍有什麼東西變了！我站起身，跟著自己的感覺將附近看了一遍，什麼也沒有發現。

低頭，猛然看到鏡子中央盆子裡的水面正在蕩漾，彷彿有什麼東西落進水中。我急忙掏出手電筒，打開，照進水裡，盆子裡的水清澈如舊，什麼也沒有。只是水面不斷攪動，剛開始還只是有些漣漪，後來攪動得越來越厲害，就像有什麼在掙扎，想要蹦出來。

有股惡寒從腳底冒起，我全身的寒毛都嚇得幾乎豎起來。小心翼翼地向後退幾步，離臉盆遠些。

就在這時，手電筒的光芒剛好照在對面的鏡子上。

我看了一眼，整個人都呆住了。只見鏡子裡什麼東西都沒有照出來，只有一團漆黑的顏色，手電筒的光射到鏡面上，就像直接穿透了鏡子，又像被鏡面吸收，沒有剩下任何一點光焰。

圍成圓形的二十四根蠟燭無風自動，火焰整齊地向著我的方向傾斜，如同受到整齊的壓力一般。不知過了多久，又整齊的一起熄滅掉。

我一動不動地呆在原地，冷汗不停地流下，滑過臉龐，一直流入衣領裡。汗水貼在身上，觸感冰冷，彷彿已經凍成了冰塊。

好詭異的氣氛，寒意越來越濃烈。房間裡一片寂靜，我甚至能聽到自己的心跳和脈搏的振動，唯一的光源只剩下手中的手電筒，但那道光源形同虛設，對面的鏡子不停地吸收著光芒，不知是不是錯覺，那團漆黑似乎離我近了一些，那似乎是隻怪異的爪子，正從光芒裡得到能量，硬生生地在兩面鏡子形成的無數折疊空間裡掙扎，想要拖著自己的身體，從地獄的深處爬出來……

我渾身都無法動彈，就連拿著手電筒的手也一樣，手在發抖，但卻不知是不是緊張的緣故，完全沒力氣將手電筒的光芒移開。

大腦的警鐘猛烈地敲著，第六感告訴我，自己現在非常的危險。可能會被那團漆黑的影子拖入鏡子裡，而自己也會像錢晴一樣，屍體在幾天後才在學校的某個角落裡被發現，腐敗得就連最親的人都認不出來。

不能這樣，自己還有許多事情要做，還有許多美食要吃，還沒結婚，就算死，也要從地獄的最深處爬回人間，把害死自己的東西拽出來。

大腦開始暈眩。我用盡身上所有的力氣，好不容易提起右腳，對著不遠處的臉盆一腳踹了過去。盆子飛了出去，水潑了一地。

就在那一剎那，整個世界都清靜了。耳朵裡有一種轟鈴聲逃跑似的飛速遠去，眼中能捕捉到，手電筒的光芒慢慢盛開，黑影逐漸潛入鏡中，一層接著一層在鏡子的無數虛影裡向深處逃竄。而鏡中一層又一層的虛影露了出來，一個又一個的我，傻呆呆的一副驚魂未定的樣子，冷汗將全身都打濕了。

有種劫後餘生的感覺。我長長吸了一口氣，用力壓著自己的心口。第一次感覺和死亡那麼接近，幾乎就像死了一次般。瀕死感覺並不是那麼好受！

不知為何，總覺得鏡中的無數個自己笑起來有點詭異。不管了，還是早點離開這個詭異的是非之地為好。

我慢吞吞地積攢起力量，一步一步地邁著步子，好不容易才打開門挪了出去。

# 第十章 腫瘤

人瀕臨心靈窒息和精神危機時，最需要一雙上帝般的手幫他推開一扇心窗，當然，那應是一扇充滿歡樂與希望的心窗。其實，這只是舉手之勞，人人都不難做到，但往往漠視了、遺忘了，甚至不屑為之……

舒曉若的內向，就是沒人注意到她的心窗其實是緊閉著的，於是我隨手想幫她推開。至少現在，已經推出了一道縫隙。

那位害羞的女孩在我還在學校操場上遊蕩時，打了電話來，結結巴巴地約我下午見面，我笑咪咪地爽快答應了。這女生很可愛、很純潔，如果不是那麼內向的話，追她的人估計會從學校大門一直排到她家附近。

放下電話，就看到操場的另一端也有個人在遊蕩，而且背影偏偏還有點熟悉。我偷偷摸摸地走過去，只見他用手在空中比劃著，像在測量什麼東西。

「二伯父，你在幹嘛？」我把嘴湊到他耳邊大聲喊了一句。

他嚇得幾乎要從地上跳起來，捂住耳朵憤恨地道：「小夜，你個死小子，存心想嚇死我！」

「抱歉，我不是故意的。」我毫無懺悔的意思，又問：「你在幹什麼？」

「看地形。」

「那具六年前出土的香屍的方位？」我詫異道。

「當然不是。」二伯父搖頭，「我在查附近的溫度和濕度。」

「搞不懂。」我說：「那具香屍的身分調查到了嗎？」

「嘿嘿，快了。」他神秘地笑了笑。

「哦，說說看。」我大感興趣。

「我找人對香屍進行肖像復原。她生前的真實模樣，確實完全可以稱得上是一位美女。但在清朝，一個女人身穿一品官服下葬，當地史料卻沒有記載。

「三套棺槨密封保存屍體，現場卻沒有墓碑可尋。身帶致命傷口卻得到最美好的祝福，圍繞著她如此多的矛盾，如此多的難解之謎，卻與當地一個流傳甚廣的說法幾乎不謀而合！而且她的腹部就算腐爛後，依然沒有塌陷，似是懷了身孕一般。」二伯父眯著眼睛道。

我精神一振，「乾隆皇帝下江南？」

「不錯。當年，乾隆皇帝六下江南，在道上的盤龍集有一座行宮，當時縣令為了討好皇帝，就找了名非常漂亮的女子來陪他，小住幾天。過了一段時間呢，發現那女子懷孕了。」

「有疑問。」我舉手，「月齡鎮，當時只不過是省下屬的一個小縣，它怎麼和乾隆皇帝扯上關係了呢？」

「不懂了吧。在清朝月齡鎮並不屬現在的省管轄，而是屬於江蘇。因為它距離徐州僅有幾十公里。據史料記載，乾隆皇帝在位期間，曾經於一七五一到一七八四這三十三年間裡六次南巡，目的主要是為了視察河工，而徐州附近的黃河大堤也是乾隆巡察的重點之一。

「乾隆多次來到這裡，根據他的命令，這裡先後修築的防洪石堤大壩全長七十多華里。民間傳說乾隆喜歡江南美女，每次南巡少不了尋花問柳。所以皇后天天和他吵鬧，乾隆一氣之下，將皇后遣送回京。

「乾隆第四次南巡時，將皇后遣送回京確有其事，這在乾隆三十年春季文件中就有記載。那麼，既然乾隆曾不止一次到過徐州，而月齡鎮又歸徐州管轄，會不會真的有地方官員為取悅龍心，而將一名美貌的碭山女子獻給皇上呢？」

我陰陽怪氣地「喔」了幾聲，「確實。在月齡鎮，關於乾隆路經此地並有地方官員進獻美女的傳說流傳已久，並不是女屍出土後才有，只是傳說中的女子不知所終。而這一次，這具身著一品官服、被厚葬於此的美貌女屍出土，似乎成為這個傳說最有力的證據和最動人的結局。」

頓了頓我又道：「但，如果她真的是一個曾經被皇帝寵幸過的女子，並身懷龍子，為何沒有被接進宮中享受榮華富貴，反而腹揣胎兒神秘死去，而且頸部還帶著一個足以致命的傷口？」

「或許是懷孕這個消息不知怎麼傳到宮裡去了，皇后知道了，疑心她懷上龍種，危及到自己的地位，就派人秘密地將她殺害。皇帝知道後非常痛惜，就下令厚葬她。」二伯父非常沒有誠意地答道。

我嗤之以鼻，「屁話。這種事情雖然對皇帝來說屬私事，當地不可能有記載，但問題的關鍵在於，這件事情本身就不太可能。

「清朝的皇帝，順治就不算了，他這個人想怎麼辦就怎麼辦，誰的話都不聽。但從康熙起，康熙雍正乾隆，都非常強調自我修養，非常注意自己的形象，做出這種事可能，但絕對不會大張旗鼓地留下證據。我看這具香屍和乾隆沒關係。」

「算你小子聰明。」二伯父笑起來，「女屍頭戴黑色葬帽，外套一件長衫，長衫上縫著清代只有一品武官才能佩戴的麒麟補子，內罩一件錦緞短襖，短襖正中織著一個巨大的龍紋圖案！而且似乎懷了身孕，民間美女無名無分、懷上龍子招來殺身之禍、皇上得知後下令厚葬，並允許她穿著帶有皇權標誌的服飾下葬，在這個傳說中，女屍身上的疑點似乎全都有了合理的解釋。

「然而，傳說畢竟是傳說，它是否屬實我們無從考證，但我一直都對女屍腹中是否藏有胎兒很介意，不過要考證這件事，並非完全沒有辦法。」

「你不會……」我驚訝地睜大了眼睛。

「猜對了。」二伯父臉上露出複雜的表情，「我打電話給自己的一個很好的朋友，他是法醫。我要他進博物館去幫我解剖香屍的腹部。」

「你以前不是完全不贊成這麼做嗎？文物需要保護，而不是破壞。解剖屍體，雖然能讓沉寂了百年的女屍來證明一切！可是，這樣做，勢必會對女屍的外觀造成一定破壞，僅僅是為了證實你的一個猜測，值得嗎？」我有些詫異。

「值得，肯定值得。」二伯父堅定地說：「總之最後證實了一件事，香屍腹部中並沒有胎兒，就連子宮都沒有。裡邊只有腐化變質，已經像塑膠袋一般的腸子，腸子裡層層包圍著一個奇怪的東西。」

「有多奇怪？」

「非常奇怪。是塊骨頭，似乎是人的下顎骨。」二伯父也迷茫了起來，「那個下顎骨不屬香屍本身，應該是其他人的。而且，看骨頭判斷，還是個男人。」

我也呆住了，「這是怎麼回事？」

「我也不懂。」二伯父繼續道：「還有更奇怪的。那個下顎骨從香屍的身體裡取出後，原本六年來一直泡在福馬林中已經停止腐化的屍身，突然開始迅速腐敗，在短短一分鐘不到的時間裡，自溶得就連骨頭都沒剩下，全變成一灘黃水，順著解剖台流到地上。我那朋友和幾名助手嚇得幾乎直接暈倒。」

「骨頭？她的屍體裡居然藏著別人的骨頭。完全不明白！」我實在理不出頭緒，頓了頓，才問：「那，你知道那具香屍具體出土位置嗎？」

「當然知道，我早就考證過了。」二伯父向那個方向指去。

我抬頭順著他指的方向一看，頓時驚訝得身體晃了晃，險些沒站穩。

世上的事不會真的那麼巧吧，那個出土的地點，居然就是新宿舍的一零一室的位置……

這麼看來，似乎有些東西能串連起來了。我拉著二伯父準備回那個鬼房間再探察一次，突然口袋裡的電話響了起來。

是林芷顏，她語氣稍微有些急促。「小夜，有點突發情況。」

「什麼情況？」我微微有點詫異，什麼事居然可以令她變得驚慌？

「很糟糕的突發情況。」她在電話那邊說：「在那天集體自殺活下來的三個女孩身上，發生了一些怪異的現象——」

「她們現在究竟在哪裡？」我打斷了她。

「月齡鎮中心醫院。重病六室。」

「妳等等，我馬上過去。」我慌忙朝學校外跑。

「我也去！」二伯父跟了上來。

坐著計程車趕到中心醫院的時候，已經接近中午十二點了。林芷顏就站在醫院門口。

「情況怎麼樣？」我急促地問。

「不太樂觀。總之她們現在已經被轉入隔離病房。」

「隔離病房？」我呆了呆，「怎麼會被轉進那裡？難道是傳染病？」

「不清楚，總之那三個女孩的症狀一模一樣，很恐怖。用嘴說不清楚，等下去親眼看看就知道了。」林芷顏淡淡道。

不知道這女人用了什麼手段，隔離病房前的醫生看了她一眼，就將三件隔離服遞給我們。等我們三人穿戴好，這才能進去。

楊麗、王雪、王冰三人住在重傳染病第一隔離室。推開門，就見她們三人躺在雪白的病床上打點滴。她們的頭上都蓋著一塊白布。白布被呼吸微微吹動，看來都還活著。只是在臉上蓋那塊白布幹嘛？而且，那塊白布下不只有臉孔，似乎還有其他的東西。

看出了我的疑惑，林芷顏走上前去，將三人臉上的白布扯開。頓時，我和二伯父的呼吸差點停止。

「驚訝」這個詞語完全無法形容自己現在的心情。

只見那三個女生的左臉頰上，都長著一個極大的，一模一樣的腫瘤。紅褐色的腫瘤約一個拳頭大，頂端的皮膚已經被撐破了，正不斷流著不知是血，還是黃水的液體，而整個腫瘤也像有生命一般，隨著呼吸一起一伏輕微地收縮著。

即使隔著隔離服，我似乎也能聞到從腫瘤散發出的腐爛味道。那股惡臭，恐怕比錢晴自溶的屍體更加噁心。

由於腫瘤的擠壓，她們的左眼被扯得很長，眼皮也被扯破了，只剩下眼球呆滯地望著天花板。很可怕。至少，已經完全看不出她們從前清秀的容貌。

嘴巴也被扯開，恐怕再也沒有合攏的功能。唾液順著腫瘤的邊緣，混雜著黃水和血水一起往下流，看來就算想說話也很困難。

楊麗似乎看到了我，她的眼珠轉了轉，然後又翻白如同死去一般呆滯地繼續望著上邊。

「才一個小時，腫瘤居然又變大了！」林芷顏用手在李冰的腫瘤上摸了摸，很輕，但女孩的臉上立刻流露出慘不忍睹的痛苦神情。

「究竟是怎麼回事？」我看著那三個女孩，然後苦笑。「看來聽她們親口說是不太可能了。」

「大體上，我知道一些情況。」林芷顏緩緩道：「這些女孩進醫院時，腫瘤只有葡萄大小。她們描述過一點狀況。」

「說清楚點。」

「不知道她們是不是劫後餘生的恐懼症產生的錯覺，總之警方不信她們的口供。小夜，你說女生一般起床後的第一件事是幹嘛？」

「穿衣服。」我答。

「笨，這個世界的女性百分之八十都不習慣赤身裸體睡覺，都有穿睡衣的習慣。一般都是穿著隨意跑去刷牙洗臉，然後才會換衣服。不過女人嘛，起床的第一件事，絕對是照鏡子。不管多大年齡，性格怎樣的女孩，基本上都是。」她理所當然地說。

「鏡子？又是鏡子？」我渾身一顫。

「恐怕是。據那三個女生說，她們在鏡子裡看到一個漩渦，漩渦裡似乎有一個漆黑的影子拚命地在向外爬，那東西掙扎著，將手從鏡面中伸出來，並在自己的臉頰上撫摸了一下，冰冷的觸感和極度的恐懼讓她們立刻暈了過去。

「醒過來後就覺得臉上癢癢的不舒服，於是用力撓，越撓越癢，直到血都撓了出來她們也沒辦法止住那種發自皮膚內的無比奇癢。不久後，便有個腫瘤從左邊臉頰上長了出來，而且越來越大。」林芷顏道：「其後她們各自的父母發現了，便陸續將三個女生送入醫院。」

「醫院認為這是傳染病？」我一邊消化這些訊息一邊問。

「因為前天的集體自殺事件實在鬧得很大，她們幾個在這個小鎮上也算名人了。既然三個相互有接觸的人全都患上一模一樣的病症，就有很高的機率是傳染病。至少這裡的醫生是這麼認為的。」

「很保守的判斷，看來這裡的醫生既不是唯心論者，也不是白痴。」我點點頭，「妳覺得，這些腫瘤，有沒有可能是鏡仙遊戲造成的？畢竟李月對那個所謂的鏡仙許下的願望是要五個人永遠在一起，但已經有兩個人溺水死亡了，既然要永遠在一起，就只有兩種可能，一是李月和張燕死後復活，二便是讓還活著的王冰、王雪、楊麗三人死掉。

「第一種可能很不現實，畢竟人死了就死了，我不知道有什麼辦法能夠讓她們活過來。讓一個人死掉，確實再簡單不過……」

我低下頭望著痛苦地躺在病床上的三個女孩，沉聲道：「如果我們不能做點什麼，這三個女孩，恐怕就會在最近死掉。」

林芷顏沉默了一下，「發生在月齡鎮高中的連續死亡事件，可以肯定和那個召喚鏡仙的遊戲有很大的關聯。錢晴緊緊握在手中的化妝鏡，左婷臨死前丟出去的化妝鏡。夏蕭蕭瘋掉自殘時也在照鏡子，而眼前這三個女孩臉上的腫瘤也跟鏡子有關。

「還有那個吃沙的女孩，忘了告訴你，昨天法醫鑑定結果出來了，她的胃裡不但有大量的沙子，還有一些鏡子碎塊，所有的一切，幾乎都和鏡子有關聯。呼，現在，我也開始弄不懂狀況了！難道世界上真的有鏡仙？」

「鬼的鏡仙，即使有，那個亂七八糟的儀式也不可能召喚出來。」我不屑道：「關鍵是鏡子裡的那個黑影。許多受害者都有提到，我也確確實實地看到過幾次。但既然我看到過，卻一直都沒有受害，恐怕，黑影和受害者的關係，完全建立在召喚和許願的環節上。一比一的供求關係，實現願望後就索要你的性命。這個黑影算是很守誠信的玩意兒！」

「對不起，稍微打斷一下，你們究竟在討論什麼？我怎麼聽不懂。你們似乎也該開誠布公地告訴我點東西了吧？」一伯父忍不住了，用很大的音量插話。

林芷顏瞟了我一眼，我想了想，這才暗暗點頭，說道：「伯父，並不是我不想告訴你，而是有些東西，我自己也搞不清楚。而且，說出來你也不會信。」

接著，原原本本從頭到尾將事件，包括我們的猜測都講了一遍。

二伯父呆在原地，許久才道：「這種事，身為一個從業三十多年，資深的考古學者，完全不可能相信。什麼鏡仙，這種騙小孩子的遊戲怎麼可能會把人害死！」

「我就知道你不會信，不只是你，其實我到現在都還有種難以置信的感覺。」我苦笑，「但事實就擺在眼前，你讓我能怎麼辦？受害者間所有的關聯都在鏡子這樣東西，鏡仙這個召靈遊戲，還有莫名其妙的怪異黑影，事實證明，兇手也不可能是普通人。這些事，不是普通人能做到的！」

林芷顏思忖了片刻，打岔道：「你們說，這所有的一切會不會和六年前那具出土的香屍有關？她出土的地方不是剛好在召喚鏡仙的房間的正下方嗎？」

「這一點我也有所懷疑。」我點頭，「那具香屍的狀態實在太奇怪了。召靈遊戲、請仙遊戲，哪有可能真的把神仙請來！先不說世界上有沒有神，退一萬步講，就算真的有，祂們那麼忙，要全世界各地到處去受供奉，又哪有時間來光顧你的孩子氣遊戲。召靈遊戲，不過是在召鬼而已。」

二伯父嗤之以鼻地道：「至於有沒有鬼，我們先不討論。有沒有可能香屍的製造過程上有些小問題。她的屍身歷經百年，在沒有任何防腐劑的情況下能保持死亡那一剎那的狀態不變，或許那時埋葬她的人用了特殊的手法，這種手法讓那塊下葬的地方都受到污染，也讓所有玩遊戲的人產生了幻覺？」

「不可能。首先很多事情就說不通。」我搖頭，「不管怎樣，受害者許的願基本上都實現了，一個產生幻覺的人就能中頭獎？」

我頓了頓，「不過這件事，或許真的要從香屍的身上找找。說不定召靈遊戲，召喚出的就是那具香屍的冤魂，當然，前提是世上真的有鬼的話。」

「我看是白費力氣。不要以為我不懂這些歪門邪道的東西。」二伯父哼了一聲，「考古上總有人會信鬼鬼神神的，防治的辦法我也接觸了不少，要說香屍的怨氣，但她早在六年前屍體就被搬運到千里之外的博物館，現在連屍體也化為一灘黃水流到了地上。就算有怨氣，屍體沒了，也沒憑依的東西了。」

看不出來這老傢伙還對鬼鬼神神的玩意兒有所研究。但他那番話確實有道理，只是不從香屍身上找答案，又能從哪裡找？難道，真的有什麼東西被我們遺漏了？

不忍心看那三個女孩奄奄一息的樣子。我們幾人從隔離室出來，在外邊深深吸了幾口新鮮的空氣。說不出來心裡是什麼感受，就覺得有點窩火，使不上力氣，第一次發現，自己的力量和能力實在很弱小，弱小到就連眼前的問題都理不出頭緒，更幫不上任何忙。

我不是個天性善良的人，很多時候，我甚至很自私，我為達目的不惜任何手段，為了滿足自己的好奇心，也會毫無愧疚地犧牲很多人，但這次心裡卻有些難受。或許，年紀大了，經歷多了，人也會變得越來越有良心吧。

雖然今年的我，不過才十八歲。

# 第十一章 死亡遊戲

在世界上一些人跡罕至的地方，確實隱伏著不少令人談虎色變，不寒而慄的死亡之地。

中國雲南騰衝縣的迪石鄉，有一個「扯雀泉」，此泉是個土塘子，面積不大，泉水充盈，表面看來一切正常，但它有股毒性，不但能扯下天上飛禽，還能扯死兩三千克重的大鴨子。

鳥兒一旦飛臨泉塘上空，就會掉地死亡，走獸誤飲泉水，便一命嗚呼，有人前去觀奇獵奇，好久不見鳥兒飛過，便向農家買來鴨子做實驗，只見鴨子哀叫幾聲，掙扎著漂浮兩三分鐘，就不再動彈了。

而印尼爪哇島上有個死亡之洞，位於一座山谷中，由六個龐大的山洞組成，據說無論是人，還是動物，只要站在距洞口六至七公尺遠的範圍內，就會被一股無形的力量吸進去，一旦被吸住，就是使出渾身解數也無法脫身，洞口附近已堆滿了動物和人的屍骨殘骸。

死亡洞為何有生擒人獸的絕招？被它吸住的人和動物是慢慢餓死，還是中毒而死？至今無人能回答。

不錯，這個世界天然形成的危險區域實在很多，只是不知道出土香屍的那塊土地會不會屬於其中之一？畢竟最近發生的事情，實在不能用常理來形容。

我們離開醫院後不久，林芷顏便接到醫院打來的電話，說那三個女孩死去了。據說死亡的時候，情況很恐怖，左邊臉頰的腫瘤不斷抽動，黃水夾雜著血液噴泉似地湧出。彷彿全身的血液都找到了宣洩的出口，不斷流向那個腫瘤。

三個女孩在短時間內，像是被吸乾的屍體，原本光滑的皮膚以極快的速度塌陷下去，最後只剩下脂肪和皮肉緊貼著骨架，所有的體液血液都順著腫瘤流出去。

然後毫無徵兆的，腫瘤似乎受不了體內的壓力，最終爆開了。噁心的惡臭和難以言喻的異色體液充斥整間重隔離室。

光是聽林芷顏的轉述，便已經令人毛骨悚然。

「去一零一室看看。」我思忖許久後做了個決定，「大家一起去，或許能有新的發現。」

二伯父和林芷顏同時點頭答應，雖然兩人嘴上都很臭屁，但好奇的心思早就流露在面上。

再次回到那個詭異的房間，推開門，裡邊的擺設完全沒有任何變化，基本上和我離開時一樣。

「呼，好冷！」林芷顏摸著肩膀，用手電筒四處照了照。「奇怪，沒有開空調啊。」

我哭笑不得，「我說，就算有空調，妳認為一個空置很久的房間，會長年累月開著嗎？電費不要錢啊！」

「也對！」她認真地點點頭。

二伯父就比較實幹一點，他沒有看鏡子，只是逕自走到對面的鐵床前，嘴裡發出「咦」的一聲，手就開始胡亂翻起來，將雜物全都丟到地上。

「這位先生，你又在幹嘛？」我冷汗都流了出來，總感覺不是來調查的，我整個就是一導遊，帶團來這裡參觀旅行。

「我似乎看到一些很有趣的東西，翻翻看。」他頭也不抬地回答。

「有趣的東西？」這個解釋還算馬馬虎虎聽得過去，我埋頭也幫他亂翻起來。

將床上的雜物翻出了一大堆，二伯父突然眼前一亮，抓起一樣布料般的東西，神情激動道：「我的天，東西居然在這裡！」

「這是什麼？」我定睛一看，居然是一件錦緞短褀，短褀正中織著一個巨大的龍紋圖案。

「很重要的東西。那具香屍出土時，陪葬品被哄搶一空，因為她的墓葬是在拆遷的房屋下面，所以找不到墓碑，而當地的明清縣誌中也找不到關於她的任何記載，她的身分就成了一個謎。

「一直以來，我只從她三重棺槨的隆重葬法、楠木做成的名貴葬具，以及她隨身穿的葬服上看出，這個女人的身分高貴！」二伯父強自鎮定自己的情緒，深吸一口氣才道：「但有了這個錦緞短襖，我基本上就能判斷她的身分了。」

「你確定？」我仔細看著他手裡的短襖，無奈功力還不夠，看不出個所以然。

「當然確定。」二伯父神色傲然地用鼻孔噴氣，很是得意。「你看織物的紋樣、工藝特色以及裝飾方法，明顯帶有前清時期的特點。

「你看這上邊的龍，順治或者是康熙前期不是這樣的，位置還要偏後，從紋樣上來看，龍的裝飾方法很有意思。龍髮直立，另外海水的雲頭，和海水短短的如意頭，這都是雍正時期典型的裝飾方法。可以判斷，香屍埋葬的年代，應該是在雍正時期。」

我稍微有些驚嘆，「這麼說，從一七二二年雍正繼承皇位到一七三五年駕崩，不過十三年的時間，女屍顯然是在此期間死亡、埋葬的。照此計算，她已經在地下埋了兩百七十年左右，卻依然能保存得如此完好，這實在不容易！」

「還有更不容易的地方，先前我們的判斷都錯了，大錯特錯。」二伯父又激動起來，「這具女屍恐怕和皇室完全沒有關係。」

「什麼！」我吃了一驚，「但她的下葬方法和衣服上的龍，不正代表皇家嗎？」

「這上邊的不是龍。」二伯父指著短襖上龍的爪子部位，「在清代服飾制度中，只有五爪龍才代表著至高無上的皇家身分，因此凡是織繡有五爪龍的服飾，無論是官民均不得使用，即便是得到特別的賞賜，也應該挑去一爪後再使用。

「而即便是龍形，如果只有四隻爪，一概稱為蟒，蟒是清代官員朝服上的規定圖案，只是用裝飾的數量區分官員的等級，你看女屍身上所穿的這件有五條蟒的短襖，只要具有七至九品的官職，就可以穿用！何況，短襖上還有一品武官的標誌！」

在清朝，一個女人是不可能當官的，更何況是武官。我眼前猛地一亮，「一品誥命夫人？」

「不錯，這具香屍，恐怕是某個位高權重的清朝武官的妻子。」二伯父舒服地伸了伸懶腰，「好了，我的疑惑已經全部解決了，我決定今天連夜就回去工作組，繼續挖掘乾陵。」

「這間學校發生的事情你就不感興趣了？」我瞪大眼睛。

「當然有興趣，不過你伯父我又不是個閒人，還有你在這裡調查嘛。有結果了記得告訴我。」說完毫不理會我的呆滯，屁顛屁顛地就朝外邊跑去，邊跑邊打電話，想來是在訂機票。

「你伯父果然是個有趣的人。」林芷顏嘻笑著道：「小夜，這個房間完全沒有特別的地方，我看也不用浪費時間了，我們走人！」

或許吧，中午時，該調查的也調查得差不多了，基本上應該沒有遺漏的地方。就算有，我們也發現不了，畢竟，我們都不是玩過鏡仙遊戲的局內人。

和她說說笑笑地朝外邊走去，翻過柵欄，突然覺得自己像是遺忘了什麼事情。

「奇怪，那裡有個人影，看起來有點眼熟。」林芷顏親密地摟住我的肩膀，嘴角露出邪邪的笑容。「你說，我們現在的樣子像不像一對情侶？」

「除非那個人眼睛瞎了，不然瘋子才會認為這麼不登對的兩個人會是情侶。」我輕輕把她的手從肩膀上拍下來。

「我看不一定，至少有個人就會誤會。」她笑得越發燦爛，笑得我極為不安，像是有什麼陰謀得逞了的樣子。「你看那邊的人影，像不像舒曉若同學？」

我猛地抬頭一看，果然看到曉若跌跌撞撞地從大門口慌忙失措地跑了出去。

「糟糕，我就覺得自己忘了什麼，原來是和她的約會！該死！」我急忙追趕過去，但出了校門，偌大的大街上哪裡還有她的人影。

這個內向單純的女孩，恐怕已經被我傷害了吧。

※　※　※

「死吧，人生有太多無奈了。妳還想活下去嗎？對妳而言，生還有任何意義嗎？」

「其實，死人的世界並沒有那麼恐怖。」

「其實，只需要閉上眼睛，一切就會解脫。」

「跟我來吧。」

「到我的世界……」

我真沒用，又膽小，又懦弱，又內向，如果有人會喜歡我才奇怪了。傻瓜，我是大傻瓜。但那種心情又是怎麼回事？為什麼自己的心跳這麼劇烈，自從看到他和她親密地在一起時，心臟就「怦怦」的跳個不停，就快要蹦出自己的胸腔。

不想放棄，真的不想放棄，有生以來第一次覺得不甘心。

舒曉若蜷縮在臥室的床上，將頭用力埋在雙膝間，如瀑布般的長髮紛紛垂落。她流著淚。

自己怎麼哭了？她迷茫地用手撫摸自己的臉頰。淚水為什麼總是擦不乾淨？自己在難過嗎？心臟的位置，沉甸甸的，好難受。這種喘不過氣的感覺，壓抑得人都快要瘋掉了。

他不喜歡自己嗎？他喜歡她嗎？那為什麼又要約我？為什麼要答應我的邀約？我的心情，我現在是怎麼了？難道自己喜歡他嗎？第一次有男生約自己，和自己開心地玩。

不是朋友的感覺。雖然不明白，但自己沒有把他當朋友。或許是喜歡吧。很喜歡，喜歡到可以不要命。

但是他，恐怕並不喜歡自己吧。

那，我該怎麼辦？

我能怎麼辦？

對了，有辦法，有一個辦法。

舒曉若猛地抬起頭。

召喚鏡仙！

鏡仙一定能實現我的願望，鏡仙一定能！

她從床上走下來，換好衣服，偷偷摸摸地開門，騎著自行車朝學校的方向去。看看錶，凌晨十二點整。

夜晚的月齡鎮高中十分安靜，安靜得令人害怕。學校裡一個人也沒有，原本雇用的兩名警衛也因為學校一連串古怪的死亡事件嚇跑了。偌大的地方死氣沉沉，被校方用大鎖完全鎖住。

這間學校，也到了行將崩塌的時候了吧。

舒曉若深深吸了一口氣，走到大門看了看。大鎖很嚴實，自己應該沒辦法弄開。於是她繞著學校的圍牆走了一圈。這女孩平時在學校乖到可怕的境界，逃課如果不是某人蠱惑，根本不可能。要她找出平時只限於聽聞的傳說中可以翻出去的那段矮圍牆，幾乎是不可能完成的任務。

走了好幾圈，她放棄了。又回到學校大門口，緊緊看著大門的柵欄，然後做了個決定。她把自行車牢牢地停在柵欄邊，然後小心翼翼踩在後椅上，用手攀住柵欄的上端，吃力地向上爬。

這個細皮嫩肉，從來沒有幹過重活的女孩爬得氣喘吁吁。平時這種不可能完成的體力勞動，竟然在堅定的意念和決心下，緩緩翻了過去。

她輕輕揉了揉被柵欄擦得又紅又腫的手，哈了幾口氣，顧不上疼痛，便朝學校裡走。這個空曠的地方，只有一片漆黑。微風拂過伸手不見五指的操場，有點冷。

舒曉若害怕地停住腳步。她的雙腳剛好站在光明與黑暗的分界線上。從附近路燈射來的光芒照射到她的腳邊便失去了蹤影。而再往前一步的距離，就是黑暗，如濃墨一般的黑暗。寒冷的風不斷從黑暗中吹襲過來，冷得不像是初夏的天氣。

她很膽小，膽小到不久前還不敢一個人睡覺。聽了鬼故事，一個人更不敢上廁所。在往常到這種陰森的環境，早就嚇暈過去。但這一次不一樣，有些事情，非得要做。自己已經沒主見，膽小內向許多年了，這一次，一定要有所改變！

她用力地咬咬牙，閉上眼睛，狠狠地將腿邁了出去。

黑暗，頓時吞噬了她的身體。

舒曉若一步一步緩緩地向前走著。她不敢開手電筒，害怕被人發現。好不容易走過操場，來到了新宿舍前。

越來越冷了，這種氣溫，實在冰冷得詭異。她用手掌摩擦著自己的雙臂，轉身向大門口望去。很遠了，學校裡一個人都沒有，就算有點亮光，應該也不會有人注意到吧。女孩從包裡掏出手電筒，擰開。

一束光線立刻劃破了夜色。

不遠處有一道綠色的柵欄，將她和宿舍隔開。那棟樓在夜色裡顯得格外猙獰，就如同張牙舞爪的怪物，正張開大嘴等待她走進去。

她不由得打了個寒顫，從來沒想過，夜晚的學校居然如此可怕。但有些事情，是一定要做的。舒曉若強自鎮定，她將挎包扔進柵欄裡，在手上吐了點唾沫，找個低矮的地方又開始攀爬起來。

還好這道柵欄不高，沒用多少時間便翻了進去。

看看手腕上的錶，快凌晨十二點五十了。記得召喚鏡仙的地方，應該是在女宿舍的一樓一零一室吧。

舒曉若瞪大眼睛，用手電筒照在門上，緩緩地找了過去。

一零一室，有了！她站在宿舍右邊數來的第一個房間前，下意識地敲了敲門。然後自己都覺得可笑。裡邊怎麼可能有人，自己的行為太過習慣化了。

房間的門意外地沒有鎖住。她輕輕推開門。一零一室的大門「咯吱」一聲開啟了。猛地，一股強烈的寒意迎面撲了過來，她幾乎全身都要凍結了！

沒關係，沒關係，自己可以的，自己不能再內向下去了，一定要讓鏡仙實現自己的願望！舒曉若再次深吸一口氣，咬牙，用力跨入門內。

不知何時，風猛烈了起來，颳得附近的樹頂拚命搖晃，發出怪異的「嘩嘩」聲響。門也被風吹得突然關上，嚇了這個膽小的女孩一大跳。

房內的擺設和自己最好的朋友蕭蕭的描述一樣，有兩面對稱的鏡子，鏡子中央有盆水，鏡子周圍豎立著二十四根蠟燭。她再一次下了決心，走向前去，將那些蠟燭一根一根點燃。然後站在兩面鏡子的中央。

昏暗的燭光下，兩面鏡子中映現出無限個自己，每個虛影都在做和自己一模一樣的動作。在這種恐怖的氣氛下，顯得格外陰森。彷彿鏡中的每個虛影都有生命一樣，隨時會從鏡子裡竄出來，伸出手將自己扯進去。

舒曉若害怕得不敢動彈，心底突然想起自己的目的，膽小的性格又一次堅定起來。能行的！自己從來沒有努力過什麼，這次，真的要試一試了！她堅定地掏出刀片含在口中，蹲在裝滿水的臉盆前，眼睛死死地盯著水面，然後心裡默唸著夏蕭蕭教她的召喚咒語。

「鏡仙鏡仙快出來，鏡仙鏡仙快出來。我有個願望，希望您能實現。」

在心裡默唸了不知道多少次，緊咬著刀片的嘴巴都發麻了，但卻什麼都沒有發生。她疑惑地朝四周望了望，然後輕輕拍了拍自己的腦袋。笨蛋，這個召喚儀式一定要在凌晨一點零一分才有用。現在，還有兩分鐘。

舒曉若從挎包裡掏出一瓶礦泉水喝了一口，眼睛一眨不眨地看著手錶。快了，時間就快到了！就在還差十多秒的時候，她慌忙咬住刀片，再次緊張地望著眼前的那盆水。

指針，死死地指在了一點零一分上。向前走了一秒，但時間似乎也被這怪異的氣氛嚇住，悄然退了回去。

她手錶的時針、分針和秒針居然凝固在一點零一分。

她完全沒有察覺，只是在心底默唸著咒語。

「鏡仙鏡仙快出來，鏡仙鏡仙快出來。我有個願望，希望您能實現。

「鏡仙鏡仙快出來，鏡仙鏡仙快出來。我有個願望，希望您能實現。」

許久，依然沒有任何事情發生。

她抬起頭，略微失望地笑了笑。看來果然不行，自己真沒用，沒用到就連鏡仙都不願意搭理。他不喜歡自己才算正常，自己，還不如死了的好。

她一笑，扯到嘴角，鋒利的刀片立刻在鮮紅柔嫩的小巧嘴唇上割出一道薄薄的口子。一滴紅得如火的血液滲出，滴入了身下的水盆裡。

滿盆的水如受到了刺激，圍繞著那滴血液，泛出一圈又一圈的漣漪。她頹喪地想要回家，突然，一股風不知道從這個密閉的空間裡哪個位置冒了出來。鏡子周圍的蠟燭紛紛搖晃。

她被這突如其來的事故嚇了一跳。風很均勻地從四面八方撲向蠟燭，燭火彷彿隨時都會熄滅掉一般，但站在咫尺之處的她卻感覺不到一絲風的影子。

然後，她猛然發現，臉盆中的水變得混濁，水面像是有一雙無形的手在瘋狂攪動著，水盪起深深的漩渦，甚至水壁都離開盆子，在空中旋轉，但卻沒有任何一滴水被甩開，彷彿水已經成為某種固體，一種不斷旋轉著，中間深深塌陷下去的固體。

她驚恐地向後退了幾步，抬頭，居然看到對面的鏡子中，自己所有的虛影都向自己這邊望過來。無數個自己露出詭異的笑容，嘴角高高翹起，眼神鮮紅，就像充滿了血絲。她們正死死地望著自己，她們伸出手，不斷地向鏡子外的自己抓過來。

舒曉若的心臟瘋狂跳動著，幾乎就要爆開。她渾身都在顫抖，一股股的寒意不斷亂竄，恐懼得頭髮幾乎都要豎起來。

盆中的水越來越混濁了，攪動得也是越來越厲害。在燭光中，彷彿變得如同黑洞一般，吞噬著周圍的一切光亮。那旋轉的中心，就像幽冥地獄的深處，似乎隨時都有東西會從底下爬上來。

確實有東西爬了上來，但卻不是從臉盆裡。鏡子虛影的最裡層，有個漆黑的影子一層一層地向外爬。那似乎是個人影，一個身材不錯的女人，但卻看不清楚她的樣貌，不，不要說樣貌了，一切都模模糊糊看不清，只知道，她，是個女人，年輕的女人。

舒曉若驚恐地緊緊靠著身後的鏡子，她幾乎要癱倒下去。黑影爬得越來越快，她來到鏡子的裡邊，掙扎著，似乎想要從虛影中爬出來。

「哇！」她尖叫一聲就想提起麻軟的雙腿逃跑，就在這時，所有蠟燭在同一時間熄滅。四周陷入絕對的黑暗中。

舒曉若瞪大雙眼，驚惶失措地向四周張望，但什麼也看不到。她連忙從口袋裡掏出手電筒，擰開，依然沒有一絲光芒射出。

突然，有雙冰冷的手從身後撫上她柔嫩的臉頰，那雙手冰冷刺骨，但卻很柔軟，柔軟得不像有骨頭，還黏黏的，很噁心。

她拚命掙扎，但那雙手就像繩子一般，將她緊緊地拴住。耳朵裡不斷有怪異的聲音灌入，像是某種撕心裂肺的呼喊，又像是怨恨的哀號，她感覺自己的力氣越來越小，就在快要崩潰暈倒的邊緣，突然有個尖銳的女聲竄入腦中。

「妳想要什麼？」

她猛地清醒了片刻，突地想起了自己來這裡的目的。不能半途而廢，就算死，也要實現自己的願望。就算死……

她的語氣急促，但是有生以來第一次這麼堅定地道：「我要和夜不語，永遠在一起。」

接著眼前一黑，就沉沉地昏了過去。

# 第十二章 逼近

說起來，我們常常安慰別人說：「人生是沒有圓滿的。」

你不可能得到一切。你永遠不會是最幸福的人。然而，誰說人生是沒有圓滿的呢？我們所擁有的，就是另一種圓滿。

所謂圓滿，超脫了現實，也不過是一種領略和追求，是一種對自己和別人的寬容。

但現在我調查的這件事，卻怎麼樣都談不上「圓滿」兩個字！二伯父走得倒是很瀟灑，但我和林芷顏卻坐在租屋的沙發上各自發呆。

「喂，妳說我們的調查方向是不是全都錯了？」許久我才道。

林芷顏搖頭，「不清楚，雖然本女子聰明絕頂，冰清玉潔，不過對這些怪異事件完全沒有經驗。你不是專家嗎？」

「哪個王八蛋告訴妳我是專家的？」

「我們老闆。」

「楊俊飛那混蛋白痴！」我不屑道：「算了，提到那傢伙就有氣。我們先來把一切事件都理一道。」

在腦子裡整理好思緒，我緩緩說：「首先，月齡鎮死掉的第一個女孩子，是一名叫做尹曉彤的高二女生。她在一個多月前，從陰陽嶺跳下懸崖自殺而亡。

「接著是一個多禮拜前失蹤的錢晴，她最後被我們發現屍體藏在教室的舊儲物櫃裡，她的手裡緊緊拽著一面化妝鏡。

「第二天一早，我們發現變成雕像一般早已氣絕的左婷，她臨死時正想扔出手裡的化妝鏡，而再一個下午，夏蕭蕭在照鏡子時瘋了，自殘後傷害他人，後經治療無效死亡。」

我頓了頓又道：「錢晴、左婷和夏蕭蕭的死因一樣，都是死於心臟爆裂。接著，我們在操場上發現了一個女孩在吃沙子，阻止後，她也因心臟原因死亡。第二天，五名高二女生集體跳河自殺，兩個淹死。剩下的三個在隔天也因為莫名其妙的怪病慘死在醫院裡。

「說起來，我們似乎都忽略了一件事。」我突然道：「我們都忽略了，鏡仙遊戲究竟是從什麼時候在學校裡開始流傳的。

「月齡鎮高中一直以來都沒有任何問題，出現怪異現象也只是最近的這一個多月，也就是尹曉彤在陰陽嶺跳崖自殺後。

「如果說鏡仙遊戲和那具六年多前出土的香屍有關，但一來香屍的骨骸已經全部化成了黃水；二來，時間經歷了六年之久，學校的宿舍樓也住了六年的人，這麼長的時間都沒聽說過發生什麼奇怪的事。

「就算傳言一零一室鬧鬼，也是最近兩個月才傳出的，和尹曉彤跳崖的時間基本上吻合。妳覺得鏡仙、一零一室的鬧鬼傳聞，和尹曉彤的自殺，三者之間會不會有什麼關聯？」

「說起來，似乎有道理。」林芷顏翻了翻最近調查的資料，「那個鏡仙的遊戲根據我在學校裡的調查，是在兩個月前興起的。

「由於地點在女生宿舍那邊，男生不敢進去，所以玩的基本上都是女孩子。據說許多女孩都有玩過這遊戲，但死掉的就那十個人。」

「恐怕是因為，那個鏡仙遊戲還需要某種特殊的介質或者條件吧。那十個人滿足了條件，將看似鏡仙的東西召喚出來，實現了願望，然後葬送了自己的生命。」我輕輕敲著桌子，緩緩道：「尹曉彤這個女生調查過沒有？」

「當然。」她翻了一頁，「很普通的女生，她恐怕也只是單純的受害者。鏡仙遊戲的第一名受害者。」

我點頭，「那個遊戲的散播者究竟是誰？」

「這個就不清楚了。」林芷顏的臉色稍微有些凝重，「那個遊戲就彷彿在兩個月前的某一天突然出現在學生面前的。

「開始有些人還不以為然，但逐漸傳出遊戲能夠實現任何願望，於是有些人抱著刺激好玩的心態開始嘗試。有些小打小鬧的願望真的實現了，玩的人也多了起來。不過由於遊戲的條件實在很苛刻，不好操作，因此真正玩到的人比例不算太高，而且遊戲也時靈時不靈的，所以也沒人把它當回事，總之就覺得是普通遊戲，不在意。

「直到越來越多的難以解釋的事情發生，然後是玩過遊戲的女孩不斷死亡。現在學校人心惶惶的，以後應該也沒人敢玩了！」

我思索了半晌，這才鬱鬱道：「看來這個事件陷入了死胡同，沒有調查下去的價值了。」

「恐怕是。畢竟一個多月內死了那麼多人，這所學校也差不多要破產了，明年的入學率肯定出問題，沒有家長會願意送自己的孩子到這所學校就讀的。」

「那我們就沒有可以做的事情了嗎？」我問。

「沒有，死了那麼多人，警方已經準備介入調查。不論這裡的政府是要徹底嚴查還是封鎖消息，都對我們沒有好處，我們還是早點離開。老闆剛剛打電話來的時候，也這麼提醒過。」林芷顏癱倒在沙發上，語氣有點遺憾。

我也很遺憾，突然覺得頭腦有點發脹，肩膀沉沉的，像是有東西壓在上邊，不舒服。

「臭小子，你怎麼了？臉色有點漲紅，身體出問題了嗎？」她看了我一眼。

「可能是累了，最近忙得連喘息的時間都沒有。」我艱難地站起身，準備上樓。「我回房間休息，好好睡一覺就恢復了。究竟是調查下去還是離開，妳和楊俊飛那混蛋討論清楚再告訴我。」

說完我便上了樓。腿在發軟，身體實在太沉重了，沉重得像是揹了個很大很沉的東西。好不容易開門走入自己的房間，我迫不及待地倒在柔軟的床上。床的彈簧被我壓得發出「咯吱」的呻吟，異常響亮。

我的頭很昏沉，但卻沒有一絲睡意。想了想，我將錢晴和左婷的那兩面化妝鏡拿出來，在手裡一邊把玩一邊思考。無意識地打開鏡蓋，朝那個方向望了一眼，突然我驚呆了。一股惡寒猛地竄上頭頂，只感覺雞皮疙瘩都冒了出來。

是一個黑影，一個漆黑的黑影，影子像是個身材還不錯的女人。她，正騎在我的肩膀上，雙爪用力地拽住了我的頭髮。

我驚惶失措地將手裡的鏡子扔在了地上，身體下意識地從床上翻下來，躲到另一側去。肩膀上沉重感覺依然存在，一想到身上坐著一個不知什麼東西，冷汗就冒了出來。

林芷顏聽到聲響，飛快地將門一腳踹開。她見我躲在床後，有點無語地嘆了口氣。

「你個臭小子又怎麼了，都躲那裡兩次了！」

「妳以為我想。」我的臉色慘白，聲音都在顫抖。「快看我肩膀上！」

她看了看，「什麼也沒有，大驚小怪的。」

「用地上的鏡子看！」

林芷顏將鏡子拿起來對著我照，看了半晌。「還是什麼都沒有！」

「有沒有搞錯，怎麼我能看見！」我氣惱地吃力站起身體。

「你究竟怎麼了？」她對我怪異的行為大惑不解。

「我的肩膀上似乎有個東西坐著，很沉。」我強作鎮定。

她仔細打量，「完全看不出來，正常得很。是不是太累，肩膀肌肉痠痛。」

「不可能，那種重量，明明是有個人坐在上邊。」我搖頭，「而且，我從鏡子裡有看到那個黑影，殺死所有人的漆黑影子。不信妳跟我來！」

我一步一個腳印，異常緩慢地挪動到客廳，那裡有個林芷顏買的電子秤。我毫不猶豫地站上去。

林芷顏看了一眼，吃驚地捂住嘴巴，她的臉部有些抽搐，語氣難以置信。「怎麼可能，你居然有一百公斤！」

「不錯，我記得三天前自己還只有五十五公斤左右，不可能三天內就胖了四十五公斤。何況，我的體型根本就沒有變。這就說明。」我用視線的餘光瞥了瞥肩膀，「我的身上爬了一個東西！一個四十五公斤左右的東西。」

「鏡仙的詛咒？」她立刻反應過來。

「很有可能。」我點頭，「只是我從來沒有召喚過鏡仙，詛咒怎麼樣也傳不到我頭上。」

「你昨天不是去一零一室調查過嗎？是不是那時候滿足了召喚出鏡仙的條件。由於你自己不知道，所以也沒有許下願望。但鏡仙不會管這麼多，它要的只是你的命。」她分析道。

「不清楚，但事情肯定有了什麼變故。」我看了看手錶，凌晨一點二十分。「妳馬上開車載我去學校，我要再調查一次一零一室。恐怕會有點其他的發現。」

車開得飛快，由於租屋就在月齡鎮高中前方幾十公尺的地方，幾十秒就到了。揹著一個等同兩個普通人身體的重量，攀爬接近兩公尺高的大門柵欄，實在是一項「很充實」的舉動。好幾次險些摔下來，花了十幾分鐘，才總算有驚無險地爬過去。

林芷顏一路扶著我走過對我而言顯得極為寬敞的操場，又幫我攀過新宿舍的柵欄，居然還一臉輕鬆的樣子，身體素質果然不是一般的好。

一零一室的門並沒有上鎖，輕輕一推，門就開了。又是一股冷風襲來，我們同時打了個冷顫，用手電筒無目的地朝裡邊亂照，居然看到有個人影躺在兩面鏡子的中央。

我和林芷顏對視一眼，她立刻走過去將女孩的臉扶正，然後衝我道：「你的舒曉若同學。」

「她怎麼會在這裡？」我吃了一驚。

「恐怕，是為了你吧。」林芷顏看著我，嘴角又流露出邪邪的笑容。「一個膽小內向的女孩，突然發現自己喜歡的男孩和另一個美貌如花，完全不可能比得上的女孩勾肩搭背很親密地走在一起，任誰都會誤會吧。一誤會就會有點小麻煩，她對某大美女自愧不如，就乾脆亂抓救命的稻草，最後，想到了這個鏡仙遊戲。」

「這還不都是因為妳！」我狠狠地瞪了她一眼。

「現在扯這些都沒用了，你還是想點辦法吧。她的願望，恐怕和你有關係。」林芷顏毫不淑女的呵呵大笑，彷彿事情很有趣一般。「用膝蓋想都知道，這個純潔內向的女孩，不是要你喜歡她，就是想要和你在一起。願望實現後，你們都會死掉。」

我沉默著，站在兩面鏡子中央發呆，半晌才道：「先不要叫醒她，讓我再仔細想想。」

「你慢慢想。」林芷顏輕鬆地將舒曉若抱起來，「我先送這個女孩子去醫院。」

望著她走出門，我一屁股坐在了鏡子旁。肩膀上依然沉甸甸的，那重量彷彿又增加了一點。我回憶著，突然想起了一個細節。

香屍腹中那塊不屬她的下顎骨，以及棺材周圍那層白膏泥充填，似乎有什麼關聯。特別是二伯父提到的那層白膏泥充填，好像在其他地方見到過。

是哪裡呢？究竟是在什麼地方？

想起來了！

我猛地從地上站起，將周圍那二十四根沒剩下多少的蠟燭一根一根點燃。將腰身挺直，我呆呆地望著腳邊的水盆發呆。

召靈遊戲都需要某種介質，當然，時間因素也很重要。但上一次自己是在中午點燃蠟燭的，並沒有遵守鏡仙所謂凌晨一點零一分的規則，但依然有怪異的事件發生，或許，時間對這個遊戲而言，並沒有任何意義，有意義的，是真正的介質。某種很多人忽略掉，極少數人才偶然滿足了的介質！

那一天，自己究竟多做了什麼呢？

對了，血！是血。那天嘴皮被自己咬破，有一滴血滴入了盆子裡。

我舔了舔嘴唇，用力將右手的食指咬破，將一滴血滴入水盆中。

那一剎那，我彷彿看到所有的蠟燭同時顫動了一下。我的肩膀頓時一輕，一直坐在上邊的東西似乎離開了。

完全沒有風的密室裡，正對著門左邊數來的第四根蠟燭動了動。接著，以那根蠟燭為起點，蠟燭一根接著一根依次持續發出「劈啪」的輕微聲響，就像燒到了某種東西。

盆子裡的水面猛然開始蕩漾起來，彷彿有什麼東西落進水中。水面不斷攪動，剛開始還只是有些漣漪，後來攪動得越來越厲害，就像有什麼在掙扎，想要蹦出來。

我望向對面的鏡子，手電筒的光芒在鏡面上什麼都沒有照出來，果然只剩下一團漆黑。手電筒的光射到鏡面上，就像直接穿透了鏡子，又像被鏡面吸收，沒有剩下任何一點光焰。

圍成圓形的二十四根蠟燭無風自動，火焰整齊地向著我的方向傾斜，就如同受到整齊的壓力一般，不知過了多久，又整齊的一起熄滅。

詭異的氣氛，越來越濃烈的寒意，情況和那天中午一模一樣，有個黑影，正硬生生地在兩面鏡子形成的無數折疊空間裡掙扎，想要拖著自己的身體，從地獄的深處爬出來……

我下意識地後退著，身體抵在了背後的鏡子上。突然，有雙冰冷至極的手撫上我的臉頰，冷得我皮肉都要凍結了。

那雙手彷彿沒有任何骨頭，只是像鞭子一般不斷環繞著我。那臉朦朧一片，我看不清楚樣貌，但我很清楚，她正用臉上那雙看不到的眼睛一眨不眨的死死盯著我。

不知為何，我居然讀懂了她的意思。她，想要我說出願望。

很好，願望。

我緊了緊手中的電筒，猛地大吼了一聲。「去死！」然後用力將手電筒向對面的鏡子扔去，緊接著後腳使勁向後一踢。

接連兩道尖銳的聲音劃破夜的寂靜，那是鏡子破裂的聲響。

黑影似乎驚惶失措起來，她無聲地嘶吼著，拚命地向水盆竄去。我冷笑一聲，又是一腳將水盆遠遠地踢了出去，然後掏出打火機點燃。

黑影在光明裡拚命逃竄，我扯過一塊蓋灰塵的白帆布將地上的所有鏡子碎塊和水漬遮蓋住。

果然不出我所料，這東西沒有能映照出虛影的介質作為貫通她與這個世界的通道，是沒有辦法長久生存的。她在空中四處竄動，沒多久，便漸漸淡去，徹底消失在空氣中。

我身體一軟，筋疲力盡地也暈倒在地上……

## 尾聲

在新宿舍的一零一室樓下，挖出了一具女屍。那個女孩名叫周鈴雨，十七歲，本校的高二生，品學兼優。她的屍體透過法醫鑑定，確定死亡時間在兩個月前，是自殺。召喚來的鏡仙恐怕就是她的鬼魂吧。一時間滿學校都流傳起這樣的傳言。

經過調查，我和林芷顏發現，她曾有一個男朋友，街頭的小混混。有次來學校看她時，在學校順手牽羊偷了一支手機，不巧被抓到了。年輕人總是喜歡熱鬧，更喜歡一窩蜂地做一件事情，特別是壓力很大的高二生。

那時，學校幾乎所有人都竄出教室，毆打那個小混混，場面混亂得完全無法制止。周鈴雨哭著，跪在所有同學、同校、朋友面前，懇求大家不要再傷害她的男友，雖然那人只是個小混混，但卻是她深愛的人。

不過，沒有人理會，所有人都陷入了瘋狂，陷入了將壓力透過暴力發洩的行為。警察趕來時，那個小混混已經被全校學生活活打死了。

周鈴雨哭得血從眼睛裡流了出來，她嘶吼著要向所有人報復。接著不久後，鏡仙的遊戲便開始在學校裡廣為流傳開。

在她的腹部裡，發現了一塊不屬於她的上顎骨。根據鑑定，和香屍腹中的下顎骨屬同一個人。

這塊謎一般的上下顎骨究竟屬於誰？

二伯父在其後的調查中偶然發現了一塊石碑，這才將香屍的一切謎題全都解開。根據石碑記載，貴為一品誥命夫人的女屍，卻以極為罕見的怪異方式下葬。最大的原因，便是將身體作為一個容器，封印這對邪惡的上下顎骨。

這對顎骨的主人，刻石碑的人稱呼他為陳老爺子。碑上隱隱提及，陳老爺子的骨頭被分割為無數塊，封印在神州各處。

陳老爺子究竟是誰？我和二伯父考證很久，最後將目標瞄準在一個人身上。據當地傳言，陳家是清朝康熙年間川蜀一帶富甲一方的豪門。而陳老爺子更是當時的傳奇人物。據說他靠著幫人占卜問卦白手起家，積累了一些資本後開始做投機買賣。但奇的是只要他大量買進什麼東西，不久後那樣東西就會缺貨，然後陳老爺子便趁機高價拋出賺黑心錢。

這種生意賺錢當然是最快的，沒多久，那老頭就搖身一變，成了當地最有名的富商。然後他便和官商鄉紳勾結，暗地裡開始放高利貸，從事走私販賣私鹽。總之是什麼賺錢就做什麼，據說到後來，他的錢多得都堆到了院子裡，最後甚至將府邸所有客廳和臥室的地板，都換成了黃金。

那個老不死幹了大半輩子的壞勾當。越有錢越會享樂的人越害怕死，陳老爺子當然也不例外，他希望能將自己奢侈的生活一併帶到另一個世界。於是在魚鳧遺址附近花鉅資修了個極大的墳墓，將他搜刮的大量價值連城的珠寶古玩，全都放了進去。在自己的墳墓修好的當天，陳老爺子隱約感覺自己大限已到，於是獨自走進墓穴，放下千年石，將自己關在了裡邊。

在其後的兩百多年間，許多人都去找過他的墳墓，但每個人都空手而歸。漸漸地，陳老爺子的墳墓就被附近的居民大肆渲染，鋪上了一層神秘的色彩，最後就變成了現在所謂的陳家寶藏。

川蜀民間至今流傳著許多有關他的傳說。當時很多人都偏向認為陳老爺子有神靈庇佑，懂得法術。有些史料記載過一些修建陳家墓穴的民工事後的描述，那些人全都異口同聲地說，在陳老爺子進入墓穴的前一晚，曾經把所有相關的人聚集起來，親手為每人倒了一碗清酒。民工們喝了以後頓時被睏意籠罩，一個個全倒在了地上。第二天一早醒來，關於墓穴的所有記憶全都莫名其妙地消失了。

傳說畢竟是傳說，此陳老爺子是不是彼陳老爺子，也沒辦法證明。

但碑文卻提及，根本沒有陳家寶藏，陳老爺子還被分了屍？

至少眼前的事實，足以說明碑文沒有作假。

陳老爺子的上下顎骨封印在香屍肚子裡。而這位一品誥命夫人喉嚨直至肩膀上那道駭人的巨大T字形傷口，正是放置兩個顎骨的地方。由於出土時遭周圍群眾瘋搶，陳老爺子的上顎骨從喉嚨裡掉了出來，然後又被施工隊打入地基深處。

直到埋著顎骨的上頭有人自殺。

至於那東西究竟又是怎麼跑入周鈴雨屍體腹部裡去的，恐怕沒人能知道了。

我只是隱隱猜測，陳老爺子的骨頭，或許隱藏著驚天的大秘密，甚至蘊藏難以想像的神秘力量。否則，周鈴雨死後為什麼會在學校裡掀起那麼大的死亡陰影。

她，是不是藉著陳老爺子骨頭中的神秘能量，在死後作祟？

只可惜這一切，都完全不可考證了。

舒曉若醒來後，竟然失憶了，她忘記了最近一個月的一切，包括我的一切。看著去探望我的她，她笑得十分燦爛。「你，是誰？」

「算是朋友吧。」我淡淡答道。

「很好的朋友嗎？」

「嗯。」

她燦爛的笑容如同絕美的花朵，「難怪，我有一種熟悉的感覺。」

事件總算是結束了。

寫出這本書，其實並不是為了記載自己的離奇經歷，而是想給所有的在校生一個警告。不要毫不在意地玩稀奇古怪的靈異遊戲。

特別是鏡仙的遊戲。

更不要在遊戲結束後胡亂照鏡子。

因為誰知道，陳老爺子的下一塊骨頭，又或者比他骨頭更加可怕的東西，會不會就在你玩遊戲的地方。正靜悄悄地等待著你們的到來呢？

世界上沒有捷徑可走，得到一些，就一定會付出一些。當你們在玩能夠實現願望的遊戲時，或許，只是圖一時的高興。但，付出的，或許就是——

你的命……

*The End*

# 番外・詛咒（上）

## 第一日

因為一個人，王航愛上了一座城，愛的時候如膠似漆。

因為一個人，他恨上了一座城。等恨的時候，才發現自己早已經沒有離開這座城市的能力。

於是，王航開始省錢。

看時間，紛紛擾擾，浮沉喧囂。樓下路上來往行人匆匆，腳步不停，誰又不是為了碎銀幾兩呢？

王航的目標是，在半年後，存夠去另一座城市重新開始的機票以及前三個月的房租。

等他開始省錢以後，王航才醒悟，自己其實一直都是個被世間資本不斷剝削的無產階級。

不願意再被資本收割的他，開始努力過起極簡生活。他不再買奢華的衣服，不吃昂貴的食物，學著做飯，每天帶便當去公司。

其實這樣也挺好，葷素搭配得當，營養又不貴。

王航被上一次的戀情傷得很深，他決定今後不結婚，不要娃，到時候回老家的郊區買一塊帶院子的房子。

養一塊苗圃，種一堆花草，怡然自得了卻餘生。

為了省錢，王航拒絕了所有花錢的娛樂和社交活動。他對自己現在的生活還是挺滿意的，沒有無用社交後，除了寂寞外，別的都很爽。

當然，寂寞這種東西，在現代社會也不算啥。

因為網路，能夠抹平一切的距離。

王航現在的消遣娛樂，全依靠網路。不管有事沒事，他都會打開手機，看一些奇聞趣事和新聞。

但王航最喜歡看的，還是恐怖小說。

不過也不知道是不是看得太多了，他覺得現在的作家寫恐怖小說的水準越來越差，也越來越不嚇人。沒事時，他也會在別人辛辛苦苦寫出來的小說下邊評論兩句。

不過那些評論中，從沒有讚美。在網路上的他，和現實生活中的他完全不同。評論的語調尖酸刻薄，用詞極為噁心。

當然，他更不會為任何自己看過的恐怖小說點讚。

所以當那件可怕的事情發生時，王航剛開始還有點莫名其妙，甚至小興奮。

事情是這樣的：今天他像往常一樣在臨睡前掏出手機，躺在床上，看各大平台的恐怖小說區。

其中一篇恐怖小說引起了他的注意，這恐怖小說寫得非常有張力，很對自己的胃口。王航如飢似渴地將它看完後，長長地舒了口氣。

「好久沒有看過這麼精采的恐怖小說了。」他十分的滿足，本來想留言讚美小說的作者幾句。但也不知道是不是本性使然，一留言，就又變成了尖酸刻薄，氣死人不償命的文字。

王航倒也挺會自我安慰，「反正作家需要鞭策，我罵他幾句又怎麼了，我這可是在鼓勵他，指出他的缺點。」

心安理得地罵完作者，王航習慣性的準備關閉頁面，看下一個故事。突然，就在他的手指快要接觸到螢幕右上角的關閉選項時，猛地一股觸電般的感覺，從手指間傳遞到全身。

不知為何，他突然感到一陣毛骨悚然，甚至就連雞皮疙瘩都冒了出來。那是一股莫名其妙，深入骨髓的恐懼感。那股恐懼來得突然，而且陰魂不散。

就彷彿自己房間裡多了一雙邪惡的眼，正在死盯著他不放。

王航渾身僵硬，好不容易才緩過來，他沒在自己的房間裡聽到異樣。「應該是錯覺吧，是不是最近熬夜太久，玩得太嗨，身體出問題了？要不明天去醫院體檢一下？」

王航在自問自答，想用說話來為自己壯膽。他內心深處的恐懼，讓他總覺得這個房間始終有種草木皆兵的感覺。彷彿房間中，不只他一個人。

靜悄悄的黑暗瀰漫在屋子中，彌久不散。空氣裡甚至散發出一股燒焦的臭味，那股味道很淡，淡得像是錯覺。

王航忍不住，想要用手機的手電筒照亮屋子。但當他舉起手機的瞬間，整個人都繃緊了，頭皮發麻。

只見手機螢幕的亮度不知何時變到了最大，螢幕上竟然血淋淋地顯示著兩行字：

三天之內，點十萬個讚。

否則，你會……

王航剛讀完，這幾個字猶如血水一般，從螢幕內滑落，彷彿動畫一般消失得無影無蹤。

王航臉色發白，但很快就反應過來，這絕對是手機中毒了，又或者是某種惡作劇。最近朋友圈裡惡作劇挺多的，或許是點了哪個朋友的朋友圈圖片後，被植入了惡作劇的App。

王航用力甩了甩腦袋，心有餘悸地準備放下手機早點睡覺。突然，手機傳來一陣劇烈的抖動。這股抖動不同於手機平日的震動，而更像是一隻患有帕金森氏症的老人的手，死死地拽住了他的手腕。

冰涼，噁心。

王航下意識地尖叫了一聲，拚命地甩手，可手中的手機卻無論如何都扔不出去。更可怕的是，明亮的手機螢幕竟然在這一剎那，自動調為拍照模式。前置鏡頭將王航嚇得扭曲的臉，映在了螢幕上。

此刻的王航真的已經嚇壞了，他的臉色慘白，滿頭大汗，渾身都抖個不停。更可怕的是，手機螢幕裡出現的黃色方框。

這黃色方框是人臉辨識系統在識別人臉。但此刻那黃框不只框住了王航的臉，甚至在他的背後，也出現了數個方框。

方框出現在自己臉上這還能理解，畢竟王航是個大活人。但他背後明明只有白牆而已，空空蕩蕩，什麼都沒有。但是黃框卻大剌剌地出現，將白牆上什麼都沒有的地方，標示為一張張的人臉。

這是什麼情況，怎麼會這麼詭異！

任憑王航握著手機的手抖個不停，黃框也仍舊堅定不移地隨著前置鏡頭的抖動而不斷地框著不存在的人臉。

自始至終，方框識別到的那些不該有的人臉的位置，都沒有變過。

這只意味著一件事，那就是在王航看不到的地方，確實有著一張張人也看不清的臉。

王航恐懼地看著螢幕，就在他的精神瀕臨崩潰的瞬間，抓住自己手腕的那隻乾枯冰冷的手，突然鬆開了。螢幕人臉辨識黃框也陡然一空，只剩下最後一個方框，將他面無血色的臉，孤零零地框選住。

「啪」的一聲。

王航抓不住自己的手機，手機螢幕正面朝下重重地摔在了地板瓷磚上。

這一聲響，彷彿給予了王航力量。

他從床上跳起來，跑到房間門口，打開屋子的燈。光明驅散了黑暗，頭頂並不算明亮的燈光還是給他帶來了安慰。

在燈亮起的一瞬間，王航心中的恐懼，彷彿也被驅走了大半。

他呆呆地站在原地，好一會兒後才小心翼翼地走到手機跟前，蹲下身，將手機拿了起來。

地上的瓷磚沒事，但自己的手機螢幕毫無懸念地碎了，滿螢幕都是蜘蛛網般的裂縫。

「嗚，老子的手機完蛋了。」王航感覺剛剛的一切，簡直就是一場惡夢。到現在，他都不敢相信，一分鐘前的事情，到底是不是自己的幻覺。

不，不是幻覺。

接下來的一幕，明明確確地給了王航一記重擊。

握在他手中的手機，出現了更加恐怖的一幕。受傷的手機彷彿有生命，是個活物似的，一灘血水順著螢幕那蜘蛛網般碎裂的裂縫朝外流。

血水越流越多，最終在地板上最終匯集成了一行字，這行字猶如催命的倒數。

那是一串數字。

100000！

王航低頭看著那串數字頓時明白了，剛剛的事，絕對不是夢，也不是幻覺，更不是惡作劇。

這串數字就是自己三天內的點讚量，如果點不夠十萬個讚，他會怎麼樣？

手機中並沒有說，但用膝蓋想也知道，肯定不會是好事！

## 第三日

今天是第三天，也是十萬點讚的最後一天。

王航認為自己那晚上遇到的事情，是一種詛咒。雖然自己被詛咒得莫名其妙，但是他害怕，詛咒越是沒有說明失敗的懲罰，他越害怕。

人類，最害怕的始終就是未知。若是詛咒失敗的懲罰，明說了是讓他死，恐怕王航還不至於嚇成這樣。

這三天，他真的是快要瘋了。

點讚這回事並不困難，特別是形成機械性的條件反射後。畢竟點一個讚，只需要不到一秒鐘而已。但當王航真的開始做起來時，才感覺猶如登天。最糟糕的是，家裡不斷地在發生狀況。

第一天的時候還好，他一邊上班一邊抽空點讚，一整天的時間就點了五萬個。第二天效率就變低了，單位上臨時有個重大的任務要處理，那任務來得突兀，讓他一整天都沒時間摸手機，更不用說點讚啥的了。

等晚上到家，已經九點了。王航連晚飯都沒來得及吃，一路上抓著手機在各大論壇點讚，回家後在床上躺著繼續點，一直點到了凌晨。

他自己都不知道自己是什麼時候累得睡著的。但哪怕累到了極限，也不過完成了三萬個讚罷了。

今天是詛咒時限的最後一天，截止時間應該是凌晨十二點。生命攸關下，他頂著壓力。向公司請了一天的假，準備專門窩在家裡完成點讚。

雖然部門主管略有微詞，但看王航眼眶布滿血絲，黑眼圈至少有三層，主管也怕出事，准了王航的病假。

一早就買了一整天食物的王航，拚了命地想完成剩下的兩萬個讚。

但怪的是，一整天狀況百出，家中有些事，詭異到了極點。

因為，他的手機經常消失。

明明這手機一直都握在王航的手心裡，除了點讚點累後，稍微把手機放到手邊上，運動一下手指頭。可眨眼間，手機就突然不見了。

王航嚇了一大跳，他足足花了半個小時，才從衣櫃背後，將手機找出來。幸好他租的屋子面積不大，否則想要在一個大空間中找到一支小手機，不會比大海裡撈針容易。

第一次，他還以為是自己累得斷片了，不小心把手機掉到了櫃子下。

但緊接著一個小時後，自己的手機第二次消失了。這一次，王航是從床底下找出手機的。

王航發誓，自己根本不可能把手機掉到床下。因為這張一百五十公分寬的床，有一邊是靠牆的。而自己，今天就沒有靠牆躺過，甚至都沒有上過床。

可手機，卻跑到了床和牆的縫隙裡，非常的隱密。

這實在怪異極了，王航一陣毛骨悚然。自己的房間裡彷彿有一個隱形人，它不斷偷偷地趁著自己不注意，偷走自己的手機，將其藏起來。

而目的，不言而喻，就是為了讓自己在今天完成不了十萬個讚的任務，從而被詛咒。

雖然陽光從窗外射入，但一想到這一點，王航就感覺全身發涼。甚至連夏日悶熱的空氣，也變得涼透心。

越想越害怕的王航加快了點讚的速度，他實在是受夠了，他要盡快擺脫這該死的詛咒。他一刻都不敢放下手機，這支剛買的新手機，被王航死死拽在手心裡。

就彷彿他抓住的不是手機，而是，他的命。

但點讚這件事，看起來容易，今天做起來老是不順利。雖然手機沒有再失蹤，可是總有事情分散王航的注意力。

就快到晚上十一點時，王航還剩下三千個讚沒點，他再次加快了速度。

也不知道是不是運氣來了，過了十一點後，擾亂王航的各種狀況，突然就消失得無影無蹤。

王航終於能順順利利地點讚了。

終於在這一天結束前的第五分鐘，王航發覺自己只需要點最後一個讚，就能擺脫那該死的詛咒。

王航大喜過望。

他隨手點開一篇文章，正想點讚。突然，頭頂的燈光猛地閃爍一下，然後熄滅了。徹徹底底的黑暗，籠罩了他的房間，也籠罩了他的整個世界。

「停電？」王航嚇了一大跳，他縮頭縮腦地環顧四周一眼，只覺得異常黑暗，啥都看不清楚。

「管他的，先把最後一個讚點完再說。」咕噥著，王航低頭，準備點下最後一個讚。但緊接著，他就臉色蒼白。

奶奶的，停電後，路由器也沒電了，WiFi 訊號自然消失了。自己的手機沒了網路，這還怎麼玩？

王航的手在發抖，他有史以來第一次將腦袋轉得這麼快。「沒 WiFi，無所謂，我還有行動網路。」

他手忙腳亂地準備切換到行動網路。

但怪的是，明明只要 WiFi 訊號不好就會主動轉為行動網路的手機，今天行動網路怎麼都打不開。而打不開的原因，竟然是連４Ｇ訊號，手機都收不到。

手機訊號對於住在大城市的王航而言，就是如同呼吸般的存在，他從來沒有想過，自己有一天會遇到沒有訊號的狀況。

還剩三分鐘，最後一個讚，還沒有點！

王航顧不得這古怪至極的怪情況，他跌跌撞撞地抱著手機就朝房間外跑。他一心想著，只要跑到門外，應該就有訊號了。

恐怖的事發生了，王航拽著門把使勁地往外拉，可是卻始終沒辦法把門打開。就像是門外有什麼人，用力將門把捏得死死的。

門被封死了！

「窗戶，還有窗戶！」他也是個果斷的人，放棄了開門，隨即衝到房間中唯一的窗戶前。

為了省錢，王航租的是個老破小的公寓，住在六樓。他只是想找手機訊號，將最後一個讚點完罷了，又不是跳樓。

也許只需要打開窗戶，將手伸出去，就能接收到手機訊號了？

王航一推窗戶，臉色瞬間慘白。

窗戶推不動，無論怎麼推，都和房問門一般，被一股神秘的力量鎖死了，怎麼推都打不開。

這該怎麼辦！還有不到一分鐘，今天就結束了。如果點不完讚的話，自己會遭到怎樣的懲罰？

他怕得癲狂，隨手從桌上拿了一盞檯燈，用力向窗戶玻璃扔過去。

隨著「啪」的一聲，在玻璃破碎為千萬塊，紛紛向地上落去時，王航的眼珠子發亮，彷彿看到了活下去的希望。

他絲毫不在意掉落的碎玻璃碴，拚命抓著手機將手探出窗外。

王航焦慮地死死盯著螢幕，直到右上角的行動訊號變成滿格。

「太、太好了。」王航欣喜若狂，他掐著快到凌晨十二點的幾秒鐘，將十萬個讚點完了。

點下最後一個讚的王航彷彿渾身所有的力氣都抽空了似的，連續瘋狂點讚點了三天，他的手指都發炎了。

躺回床上的王航，感受著破碎的玻璃窗外吹來的嚇人涼風，心中有一種死裡逃生的快感。

「果然恐怖的事發生在小說裡，或者別人身上好一點，在自己身上發生，一點都不好玩！」他覺得這三天發生的事情，是自己這輩子最刺激，最接近死亡的事。

正當他放下心來，享受劫後餘生時，自己手上的手機突然抖動了幾下，之後，一排血淋淋的字，赫然出現在螢幕上

——你失敗了，接受懲罰吧。

字只出現了一瞬，便消失得無影無蹤。

一股惡寒，從腳底爬上了王航的後腦勺。自己失敗了，怎麼會失敗，明明他在十二點前，完成了十萬個讚啊！

王航的額頭不斷冒著冷汗，陡然，他想起了一件事。

自己是怎麼定義，詛咒完成的時間點，是在今晚午夜？詛咒裡只說了三天時限，難不成……

他打了個激靈，翻看了一下瀏覽紀錄，頓時面如死灰。

僵化思考害死人，明明那個詛咒血字，出現在三天前的晚上十一點五十分。也就是說，其實過了十一點五十，自己就已經失敗了。

失敗的懲罰是什麼？

王航惶惶然，猶如弱小的食草動物般，等待著自己接下來的命運。但直到第二天一早，也依然沒有任何糟糕的事，發生在他身上。

那所謂的詛咒，彷彿只是個惡作劇，沒有蕩起他人生的任何一絲水花。擔驚受怕

卻又平平穩穩地過了好幾天，當王航以為，一切真的都過去時。

真正恐怖的事情，毫無預兆的，降臨在了他身上！

## 第十日

醫院裡總是能夠遇到奇葩事，這不，今天就讓我大開了眼界。

我叫夜不語，是一個總是會遇到詭異事件的人。昨天我的喉嚨腫了起來，準備到綜合醫院去看口腔科，可還沒走到口腔科門口，就聽到了好幾聲尖叫。

尖叫聲是從泌尿科傳來的。

愛湊熱鬧是所有人類的本性，我的大腦還沒來得及好奇，身體就已經有了反應，整個人朝著泌尿科溜了過去。

和我一起想湊熱鬧的，還有許多病人和醫生。

大家剛到泌尿一診室的門口，就看到幾位護士臉色煞白，拚命地用手捂著嘴，逃也似地跑出來。

護士小姐姐一出診間的門，就再也忍不住，躬下身，用手扶牆撐住身體使勁地嘔吐。

其他醫生走上前詢問那些嘔吐的護士，裡邊究竟發生了什麼，竟然能把見慣了風雨的她們給噁心成這樣。

但護士小姐姐們始終一副嚇壞了的模樣，渾身抖個不停，什麼話也說不出口。她們顯然經歷了某種不知道如何用語言來描述的恐怖事件。

大家都很好奇，不斷朝一診室探頭張望。不過除了那幾個護士外，此後很長一段時間就再也沒有人出來過。

人的耐心是有限的，好奇被等待磨滅後，看熱鬧的人群逐漸散去。我也離開了，但當自己看完喉嚨，來到樓梯間時，剛巧碰到一名神色怪異，臉色蒼白，走路奇怪的男人。

這個男人走路的方式實在是太怪異了，以至於我很難不注意到他。而走路怪異的原因，也並不難察覺。這男人的褲襠高高隆起，就像是裡面藏了什麼巨大的東西。而且那東西十分沉重，令他走路也稍顯困難。

男人一邊朝醫院門外走，一邊在嘴裡咒罵著什麼？由於隔得不遠，我能聽到他的詞彙中夾雜著詛咒啥的語句。

我本能地感覺有點奇怪，不由得就跟了過去。而且我猜，這個男人，很可能就是造成泌尿科一診室混亂的元兇。

跟出醫院沒多遠，那個男人就發覺了我的存在。當然，我跟蹤的意圖很明顯，甚至並沒有刻意隱藏自己的形跡。所以那男人惡狠狠的一回頭，死死地盯著我時，我並不意外。

不過有一點，我倒是有些意外，那便是那男人的眼神。他的眼神雖然故作鎮定，但瞳孔中卻藏著無助和絕望。

只接觸了他的眼神一眼，我就確定了。他是一個極力想要尋求幫助的人，而且求生欲極強。

我和這個男人對視了幾秒後，那男人虛張聲勢地衝我吼起來。「兄弟，你從醫院開始就一直跟著我，你到底想幹什麼！」

「沒，就是想幫幫你罷了。」我說道。

「幫我？我看你是看我這副可怕的樣子，覺得別人受苦很有趣吧。」男人冷哼了一聲。

我擺擺手，「別這樣說。我確實是對你有一點好奇，但更多的是真的想幫你。」

「你是醫生？」見我說得真誠，男人猶豫了片刻。

我搖頭，「不是。」

「你玩我啊。」男人又怒了，「既然你不是醫生，那你怎麼幫得了我？」

我道：「我雖然不是醫生，但是我從你身旁經過的時候，聽你嘴裡在喃喃自語，說自己被詛咒了啥的。對於詛咒這種事，我比較熟悉，心想說不定能幫到你。」

「你是道士還是和尚？」男人疑惑地看著我，「但你不像啊。」

我又搖頭，「不不不，我當然也不是什麼道士、和尚，或者牧師啥的。不過對於詛咒，我或許比他們更懂。」

男人猶疑不定，他一直用複雜的眼神盯著我，似乎在審視著什麼。最終，他決定死馬當活馬醫，相信我這個陌生人。

畢竟，他確實沒有選擇了。

「我家就在附近，到我家去，我詳細告訴你事情的前因後果。」男人收回眼神，指了指不遠處的一棟舊公寓。

我跟他上了樓，他打開房門，之後牢牢關上。

「我解釋再多，也沒有你親眼看到那麼直觀。希望你不要吐出來！」門一關之後，男人就開始一邊說話，一邊脫自己的褲子。

我默不作聲地看著這一切，因為我實在太好奇了，他的褲襠裡究竟藏著什麼。

但當他真的露出隱藏的東西時，我只看了一眼，頓時就大驚失色。

這實在是，太噁心了。我這輩子看過許許多多噁心至極的東西，但是唯獨這一次，真的是險些破防。

難怪泌尿科的護士小姐姐會吐出來，這個男人下半身的蛋蛋，不知為何腫脹起來，腫得像是兩顆泡水的大饅頭。如果單純只是這樣也不會讓人覺得那麼不適，但是他蛋蛋的表面上，爬滿了黴一般的綠油油菌類，黴菌下是一根根粗壯的黑色血管。那些血管不斷蠕動著，彷彿在呼吸似的。

重重可怕的元素混合在蛋蛋上後，會引起看過的人本能的恐懼。

我看了幾眼後，便移開視線。哪怕是我，也覺得這畫面有點超出心理承受能力。

「醫生怎麼說？」我問。

男子神色憤憤然，「什麼都沒有檢查出來，醫生做了切片，看看是不是腫瘤或者癌變。讓我三天後回去複診。」

「這不像是腫瘤或癌變。」我搖搖頭。從蛋蛋表面的生理學上，這一點很容易判斷。

男子惙惙地說：「醫生最開始，也是這麼說。」

「那你為什麼覺得，自己被詛咒了？」我話鋒一轉，問出了自己最關心的問題。畢竟他的蛋蛋腫成這副模樣，還長了怪異的黴。怎麼想，都應該尋求醫學的幫助才對。但是在他的咒罵中，最多的卻是他篤定自己被詛咒的話語。

這很不尋常，為什麼他會這麼肯定，自己的病是一種詛咒呢？

男子沉默了一會兒，這才開口道：「我還沒有自我介紹呢，我叫王航。至於為什麼我覺得這是一種詛咒，要從十天前說起！」

王航原原本本將自己十天前被詛咒，一灘血水要求他三天內點十萬個讚，但他失敗的事告訴了我。

我摸著下巴，久久不語。

詛咒這種東西，從來不會沒有緣由的出現。除非，王航做過什麼足以引起別人惡毒的詛咒他的事。

我讓王航仔細回憶，自己究竟在十天前，有沒有做過什麼惹人厭，招人煩的壞事。王航想了想，跟我說：「我能想起來的，便是我那天看了一個恐怖小說作家的小說後，沒有點讚，還尖酸刻薄地罵了他幾句。會不會就是他，詛咒了我？」

一個人對自己的言語，是會自我美化的。可就連王航都覺得自己的留言有點尖酸刻薄，那想來留言的惡毒程度，絕對不止一丁點。

我在王航的引導下，想要翻看他的留言。但很不順利，不光他的那則留言，甚至整篇文章，都被刪除了。

我又翻看那位作家發過的所有文章，最終發現，他清空了所有內容，一篇不剩。個人介面下空空蕩蕩，甚至就連主頁的個人介紹照片，都改了。

改成了一張悚人的圖片。

那是一張符，一張詛咒人的符。

王航一看這張符，就尖叫起來。「你看，你看，肯定是他詛咒了我。」

我皺了皺眉頭，安慰了王航幾句後問：「你的那個，呃，那個部位，是怎麼變成這樣的？」

王航將之後的情況告訴了我，聽完後，我更是覺得匪夷所思。

第十一日

如果有什麼東西能形容一件噁心的事，那麼，肯定要數王航現在的兩顆蛋。但在三天之前，其實王航的隱私部位還非常正常。

在對抗詛咒失敗後的第四天，王航逐漸不將這件事放在心上，一覺醒來，他就感覺下體很癢。

於是他隨手撓了撓，但仍舊有些癢，他越撓越癢。剛開始還是隨意撓兩下，當感覺到癢得受不了時，他才拉開褲腰帶往裡看了看。

皮膚紅紅的，那是撓癢過後正常的顏色。

等他起床洗漱，準備出門上班時，一股蝕骨的癢，從下身傳來，他根本無法抵抗。

那股癢深入神經，癢得他恨不得將自己的肉給挖出來。

再看褲襠裡的那團皮膚時，王航嚇了一跳。

沒想到只是幾分鐘的工夫，皮膚已經從紅色變成了白色，異常的白色，那層白色看起來很不對勁。

王航掏出手機，忍住癢，對準那塊隱密部位拍了一張照片。照片放大後，王航倒吸了一口氣。

那層白色果然有問題，竟然是無數細小的白色膿包堆積在一起。這些膿包很像青春期少年額頭上的青春痘，他忍不住癢，用手一抓，大量的膿包破裂，流出白生生的組織液。

王航自己都覺得噁心了。

「一定是最近洗內褲不勤快，被啥感染了。」王航將膿包全部擠破後，擦了一些抗發炎藥，便去上班了。

可他哪裡想得到，到中午時，情況會越發惡化。

膿包擠掉後，癢倒是消退了很多。可走過路過他旁邊的同事，不知為何都會對他有意無意的指指點點。女性還好，用文件捂著嘴巴和半張臉，偷笑得莫名其妙。但男性就直接很多。

王航的主管一巴掌拍在他肩膀上，聲音有些不悅。「王航，你上班就好好上班，亂看些什麼有的沒的。」

「蛤？」王航沒搞明白主管的意思，「周哥，你在說啥？」

「你在上班時間，看了不健康的東西吧？」主管的語氣尷尬，眼神有意無意地朝他下邊飄。「我有些話，也不好明說。但難道你沒有察覺到？」

王航順著主管的視線往下看，頓時看到自己的下半身隱私部位，竟然將褲子高高地頂了起來。

他嚇了一大跳，這才明白為什麼所有人都用奇怪的表情盯著他。王航羞得「哇」的叫了一聲，瘋了似地朝廁所跑。

一路跑，一路散播大型社死現場。

他跑進廁所隔間，死死地關牢廁所門。自己怎麼都想不通，為什麼他明明啥感覺都沒有，下半身卻鼓了起來。

拉開褲帶看了看，王航整個人驚悚得頭髮都豎了起來。

他的蛋蛋上又長出了大量白色的膿包，這些膿包很大，就像癩蛤蟆的皮一般。就是這些膿包，讓自己整個私密部位，都變得如同異形。

完了完了，這肯定是被感染了。

他半點不敢怠慢，雖然王航決定自己這輩子要孤獨終老，但就算用不上，這個東西壞了也不是好事。

王航連忙用手機預約了附近醫院的泌尿科。

主管批他的病假批得很爽快，王航知道，這家公司他怕是待不下去了。

下午在泌尿科做了檢查，噁心到一大堆剛來實習的小護士。醫生檢查了幾項指標，判斷為帶狀疱疹，開了藥後就打發他走，顯然醫生也被噁心得受不了。

但擦了藥後，絲毫沒有用。

第二天一早，自己的私密部位腫得更加嚴重，鼓得也越大，看得王航頭皮發麻！他哪還敢浪費時間，又跑了一天的醫院。

小醫院的醫生見這情況，沒辦法獨立判斷病症，就幫王航轉診到大醫院。這才有了我碰到他前，他在那家醫院的泌尿科引發的混亂。

因為今天的他，私處不光有白色的膿包，還有綠色的黴斑，兩顆蛋蛋已經完全沒了人類該有的形狀。

最可怕的是，就在他跟我講述時，王航私處上的膿包還在不斷爆開，流出膿水，猶如一處又一處的火山噴發。

這確實噁心得我不能忍受。

三家醫院檢查後，都沒有檢查出結果，經驗豐富的醫生甚至有些束手無策。這讓王航再一次想到了那個詛咒。

這極有可能，是詛咒帶來的懲罰。

聽完後，我不置可否。互相留了聯絡方式後，我迫不及待地離開了王航的家，一分鐘都不想多留。那傢伙身上一直都瀰漫著腐爛的氣息，還有膿包以及黴斑，多看幾眼彷彿都會被傳染似的。

離開後，我第一時間開始著手調查王航提到的那位作家。

我想，先找到那位作家。因為這作家也挺怪，他為什麼要刪光自己的所有小說，而且還將主頁照片改成了詛咒符咒？

王航說自己被詛咒了，身體也確實出現難以理解，難以用常識來解釋的可怕遭遇。那些膿包和黴斑，哪怕是在我離開後，也彷彿石刻一般，牢牢地刻在我的腦海中，久久難散。

透過一些特殊的渠道，我聯絡了網站，花了一整天的時間才找到那位作家的資料。很巧，他和王航在同一座城市。

這越發讓我覺得，這位作家，或許真的和王航身上發生的事，有關聯。

作家的名字叫范虹英，很年輕，只有二十二歲。她在那家網站寫了好幾年的恐怖小說，因為文風獨特，所以還算小有名氣。

我拿到了她的地址，中午找去她家時，並沒有人應門。在門口徘徊了一個下午後，始終沒見到有人回來。

倒是看到了幾位鄰居，從鄰居口中得知，范虹英交了一位男朋友後就搬出去住了，最近幾個月都沒有回來過。

我摸摸下巴，思索了片刻後，趁著沒人用萬能鑰匙打開了房間門。

開門後，我就愣住了。

這絕對不是幾個月都沒有人住的模樣。裡邊，實在是太乾淨了！

屋子不大，一房一廳，大約十五坪左右。但東西收納得乾乾淨淨整整齊齊，地板一塵不染。

看起來，應該是幾天前才剛被人刻意打掃過。

我翻了翻放在書櫃裡的書，都是些哲學書和恐怖小說。這女孩，是個很喜歡恐怖推理類文章的女生。

書桌上，還有一台粉色的筆記型電腦。

我將整間屋子都搜索了一遍後，皺了皺眉頭。屋子雖然乾淨，但確實沒有人住過的痕跡。怪的是，床上的被單彷彿經常被人在晚上展開，白天折疊好。不過，床上的痕跡卻顯示，很久沒人睡過這張床了。

沒發現更多可疑的線索，我打開了電腦的電源。因為我覺得很奇怪，一位愛寫恐怖小說的女孩，怎麼可能離開了，卻沒帶走自己創作的工具？為什麼她的電腦，還留在這間屋子中？

開機畫面一閃而過，最終停留在登錄密碼的頁面。頁面頭像，是名打扮樸素，但是笑起來很甜的女孩。

女孩背著手，似乎抓著另一個人的手。但另外的那個人，並沒有露出臉，只有手腕以上的部分。

我愣了愣，整個人湧上一股惡寒。

掏出手機，我將范虹英的頭像照下來，在手機螢幕上放大。放大之後的我，更是止不住地打冷顫。

范虹英抓著的是一名男性的右手，這隻手的手腕皮膚上，有個紋身。可怕的是，同樣的紋身我在王航身上，見到過！

王航？范虹英？

兩人到底是什麼關係？他們認識？還是說他們是情侶？那為什麼王航連自己看過的恐怖小說的作者是范虹英都不知道？

還是說，他其實知道，只不過對自己撒了謊？

許多疑問，猶如亂麻一般，糾纏在腦海中。我隨即離開范虹英家，朝王航的家趕去。

但撲了個空。

王航，不在家，電話也打不通。

他，彷彿消失了……

第十五日

再次見到王航，是五天後。

是醫院通知我的，因為王航手機中的聯絡人清單，只有我。這時候的王航，正躺在病床上，面容枯槁。

「你認識范虹英？」我問他。

他沒有反應。

「范虹英就是你看的那篇恐怖小說的作者，你跟她是情侶？」

王航還是沒說話。

他的下半身遮蓋在白色的被單下，鼓脹的程度，比五天前更加恐怖。

我見他一直不肯開口，直接問道：「你把范虹英，怎麼了？」

終於，王航有了些許反應。他突然抬頭，凹陷的眼窩中，眼神亮得驚人。「我不知道你在說什麼，我根本就不認識叫做范虹英的人。」

我皺了皺眉頭，還想說什麼，但一眾醫生和護士走了進來，準備推王航進手術室。他的私密部位再不大面積的切除，就會有生命危險。

看著王航被推入手術室，我站在門外一直在思索著。王航矢口否認自己認識范虹英，但范虹英電腦開機畫面上的照片，分明牽著他的手。

而且，范虹英已經失蹤很久了。

怎麼想，那個女作家的失蹤，都和王航有關。我一直在猜測，極有可能是王航因為感情因素，殺了范虹英。

可等自己真的面對王航時，我又開始懷疑起自己的猜測。王航的表情以及眼神，並不像是在撒謊。

他彷彿真的不認識范虹英，更沒有和她交往過。

那范虹英電腦裡的照片該怎麼解釋？還是說，王航這個人的城府深到哪怕是我，也沒看出來？

我很疑惑。

作為王航唯一的聯絡人，我被醫生要求在門外等候。沒等多久，就聽到手術室內傳出此起彼伏的尖叫聲。

那是護士在尖叫，在嘔吐。

之後，又傳來了醫生的。

整間手術室彷彿亂成一團，我眼巴巴地看著手術室的門不停震動，像是裡邊的人拚命掙扎著想要逃出來。

不假思索地，我一把拉開手術室的門。門內，所有的醫護人員都癱軟在地，彷彿被抽空了身上的所有力氣，他們嘴角爬滿了剛剛吐出來的嘔吐物。

我看向手術室正中央的手術檯，檯子上，被麻醉的王航仍舊昏睡著，像個純潔無瑕的孩子。

但當我看向他那做了手術的下半身時，我整個人，都險些接受不了如此多的訊息，險些噁心得昏厥在地。

特麼的，我根本無法用語言描述，他的私密部位中腫脹起來的那個部分，到底有啥。

那絕對不是，人類該有的東西！

*To be continued……*

作者　夜不語
封面繪圖　Kanariya
總編輯　莊宜勳
責任編輯　黃郁潔
美術設計　三石設計

出版者　春天出版國際文化有限公司
地址　台北市忠孝東路四段303號4樓之1
電話　02-7733-4070
傳真　02-7733-4069
E-mail　story@bookspring.com.tw
網址　http://www.bookspring.com.tw
部落格　http://blog.pixnet.net/bookspring
郵政帳號　19705538
戶名　春天出版國際文化有限公司
法律顧問　蕭顯忠律師事務所
出版日期　二〇二一年九月初版
定價　220元

總經銷　楨德圖書事業有限公司
地址　新北市新店區中興路二段196號8樓
電話　02-8919-3186
傳真　02-8914-5524

夜不語作品 45

夜不語詭秘檔案 201：鏡仙

國家圖書館出版品預行編目資料

夜不語詭秘檔案201：鏡仙／夜不語 著.
一 初版. 一 臺北市：春天出版國際，2021.09
面；　公分. 一（夜不語作品；45）
ISBN 978-957-741-422-9（平裝）
857.7　110013445


ISBN 978-957-741-422-9
Printed in Taiwan

夜不語

詭秘檔案

夜不語

詭秘檔案

夜不語
詭秘檔案

夜不語
詭秘檔案